Oorheers Susan
Eerste deel
(Oorheersing en erotiese voorlegging)
Deur
Erika Sanders
Reeks
Oorheers Susan Vol. 1 tot 5

Eerste uitgawe: 2023

Opsomming

Nadat sy universiteit voltooi het, gaan Susan na haar eerste werk, 'n werk wat verskaf word deur 'n familievriend, Robert, wat nog altyd 'n spesiale begeerte na sy vriend se dogter gehad het.

Hierdie spesiale wens is om Susan onder sy oorheersing te kry ...

Hierdie publikasie bevat 'n reeks sterk erotiese BDSM-inhoud, waar ek Susan se avonture in haar voorleggingsfaset vertel.

Romans met 'n hoë romantiese en erotiese BDSM-inhoud.

Bevat die volgende volumes:

Nota oor die skrywer:

Erika Sanders is 'n internasionaal bekende skrywer, vertaal in meer as twintig tale, wat haar mees erotiese geskrifte, weg van haar gewone prosa, met haar nooiensvan onderteken.

Indeks

OORHEERS SUSAN
EERSTE DEEL
(EROTIESE OORHEERSING)
DEUR
ERIKA SANDERS

VOORWOORD

Robert is 'n volwasse suksesvolle sakeman, getroud met 'n seun op dieselfde ouderdom as Susan.

Hulle families is al baie jare hegte vriende en hy het gesien hoe sy groei tot 'n lieflike jong vrou.

Hy het altyd 'n openlike vriendskap teenoor die meisie getoon en het haar oor die jare bewus gemaak van sy voorliefde vir haar.

In die geheim het sy vriendelike verhouding en sy liefde vir die meisie sy baie donker begeertes verberg, sonder enige kans om dit waar te maak.

Haar totale onderwerping aan hom was die enigste droom, in haar donkerste gedagtes en een wat sy wou bewaarheid.

Susan is 'n pas afgestudeerde meisie met 'n besigheidsgraad in die hand en gretig om die wêreld te ervaar.

Op die punt om sy eerste regte werk te begin, 'n pos aangebied deur Robert, 'n familievriend, uit respek vir sy pa en erkenning van sy vermoëns.

Maar ook, sonder haar medewete, aangevuur deur sy begeerte om haar te besit.

Sy is 'n gawe, sensuele maar lieflike meisie wat dieselfde kêrel, Peter, sedert haar eerstejaarsjaar op universiteit gehad het.

Hulle is avonturiers, maar hulle versteur nooit hul wêreld nie.

Sy weet wat sy wil hê, of dink sy weet, maar sy is regtig baie gehoorsaam om haar deur die paaie van haar lewe te laat lei.

DIE NUWE WERK

Hy staan voor die gebou, sy oë staar na die glas- en staalfasade.

Kyk na al die goedversorgde mans en vroue wat by die ingang in en uit haas.

Sy kyk na haar eie kortrompiepak, trek haar pas op en gaan in.

Sy voel klein en 'n bietjie geïntimideer deur mans wat bo haar ses voet vyf uittoring toe sy op die hysbak klim en haar nuwe werkgewer se besigheid betree.

Terwyl sy rondkyk, sien sy hoe hy by die ontvangstoonbank met 'n bom-blonde vrou praat en flirterig giggel, sy glimlag verlig sy gesig terwyl hy na haar draai.

Sy bloos sonder om te weet hoekom en beweeg na hom toe met haar hakke wat op die teëlvloer klik.

Sy arm omvou haar skouers beskermend terwyl hy haar aan die meisie by die lessenaar voorstel.

"Anne, dit is my klein Susy!"

Sy bloos, staan dan regop en steek haar hand uit.

"Hallo, eintlik is my naam Susan, lekker om jou te ontmoet."

Hy rig haar met 'n konstante hand op haar skouer na verskeie departemente en ander bestuurders.

Hy stel haar voor as Susan, waarvoor sy dankbaar is, en wat haar beste maniere wil stel in hierdie wêreld van groot wedywering.

Sy bly die hele oggend naby hom en probeer 'n wye verskeidenheid name memoriseer voordat hy haar uiteindelik na sy kantoorpakket lei.

Hy wys vir haar die lessenaar in die voorkamer wat syne sal wees vir die meeste van die tyd wat sy hier is.

Sy sit haar beursie weg en trek haar vingers liggies oor die goed gekose meubels.

Sy word na sy kantoor gelei waar hy wys na die weelderige donker meubels, alles leer en mahonie.

"En dit is waar ek werk."

Hy verlaat haar sy vir die eerste keer en gaan sit by sy lessenaar.

Sy voel vreemd eensaam wanneer sy in hierdie groot kantoor voor hom staan.

Hy neem 'n paar sleutels en praat verder:

"Aan die linkerkant, agter die ontspanningskamer, vind jy 'n deur na 'n klein kombuis. Dit onthaal kliënte dikwels. Die yskassie moet altyd gevul wees met wat op die lys is, en daar is 'n spyskaart. Jy moet leer om al die kos te kook. geregte, ingeval die kok nie beskikbaar is nie. Ek sal dit in jou opleidingsprogram plaas."

Hy het vinnig agter haar aanbeweeg, haar na die deur gestoot en dit oopgemaak.

Grootoog en in verwondering oor die grootte van die maatskappy en die kantore wat sy besit, al wat sy kan doen is om dwaas te knik.

"Dit sal so wees."

“Ja meneer,” sê hy met ’n glimlag, maar die erns van sy stem skud haar.

"Ja meneer ". Sy reageer outomaties.

Hy vat haar aan die arm, beweeg uit die kombuis en lei haar na 'n ander slaapkamer met die deur teen dieselfde muur.

"En dit is my privaat badkamer, jy kan dit gebruik, maar net met my toestemming, verstaan jy vir Susy?"

Sy knik weer woordeloos na die weelde van hierdie badkamer, en herstel wanneer sy voel hoe hy styf word, stamelend:

"Ja meneer".

Hy glimlag vir haar gehoorsaamheid.

"Hy sal die werknemerstoilet in die gang gebruik as hy behoeftes het en ek nie hier is nie."

Sy is hierdie keer vinniger.

"Ja meneer".

Aan die ander kant van die kamer, twee soortgelyke slaapkamers met deure wat hy vir jou wys.

"Hierdie is 'n privaat vergaderkamer," kyk sy vinnig terwyl hy haar afjaag, "... en dit is waar ek rus as ek op die dorp moet oornag."

Die kamer was donker en 'n groot hemelbed en vreemde bankies het in die groot kamer opgedoem.

Hy het skaars tyd gehad om dit te voel voordat hy die deur op hom toegemaak het.

Hy neem haar terug na sy lessenaar, skakel die rekenaar aan en wys haar persoonlike boodskapdiens vanaf sy kantoor na sy rekenaar wat altyd aan en oop moet wees.

Tevrede met die gepaste "Ja" op die regte tye en sy natuurlike geneigdheid om behulpsaam te wees, laat hy haar op die lessenaar om homself met sy nuwe omgewing te vergewis.

Hy toets haar aandag deur vir haar klein kitsboodskappe te stuur en glimlag vir haar onmiddellike antwoorde terwyl sy die opdragte lees en verskillende tye wat hulle by haar by haar lessenaar gekla het.

DIE WERKLIKE BEROEP

Hy was geduldig en vriendelik toe sy met haar nuwe werk binne sy maatskappy kennis gemaak het.

Hy het gereeld met haar gepraat deur die kitsboodskapskerm gedurende tye wanneer sy nie in vergaderings was nie, of buite die maatskappy, haar gevra oor haar familie, vriende, hoe dit met haar kêrel gaan, haar laat voel soos sy. Jy sien jou liefde en opregte belangstelling in haar lewe.

Gedurende die besige eerste weke van sy opleiding het hy die tyd geneem om met haar te konsulteer en haar skedule aan te pas indien nodig, deur haar mentor, haar vriend en soms 'n streng vaderfiguur te word.

Hy het met haar geskerts, speletjies gespeel en vriendelik gesels.

Die gesprekke het geleidelik meer intiem geword met verloop van tyd.

Hulle het dikwels waarheid of durf op die rekenaar gespeel, en in die speletjie het hul vrae meer persoonlik en direk geword.

Toe bly hy stil terwyl hy sy laaste antwoord lees.

Hy het verwag dat so iets sou gebeur, maar hy het nooit regtig verwag dat dit sou gebeur nie.

Hier het sy die waarheid gespeel en hier was die kans om weer saam met haar te waag.

Sy het altyd die waarheid gekies ... en sy het net gebieg dat sy 'n pak slae van haar kêrel gehad het, en dat sy daarvan gehou het.

Daarmee sou hy sy droom begin verwesenlik.

Sy het geweet sy sal dit waarskynlik nooit weer met hom speel nie, en het amper teruggedeins, en gedink sy wil ophou, of erger nog, vir iemand in die geselskap en dan haar familie vertel.

Hy moes egter aanbeweeg.

Sy lang begeerte het hom gedryf, en hy het begin skryf.

Sy het nie gekies om te waag nie, maar hy het aangehou skryf ...

***

"Ek daag jou uit om my te laat slaan, Susy."

Sy het gestaar, kon nie glo wat sy lees nie.

Sy het na aan hom gegroei, hom aanbid en die manier waarop hy vir haar omgee en haar so spesiaal laat voel het, amper asof sy haar pa is.

Miskien het hy weer met haar gespot en nie geglo wat sy hom die vorige aand oor hul afspraak vertel het nie.

Haar gedagtes het gedraai terwyl sy gedink het hoe sy gevoel het om deur haar kêrel geslaan te word en sy het in haar sitplek gedraai terwyl sy besef het dat sy moet reageer.

Hy het na die skerm gestaar, die boodskapblokkie was leeg, vir nou, en wag vir sy antwoord.

***

Hy het begin skrik, maar toe sien hy sy skryf.

Sy hart het vinnig geklop, en hy het paniekerig geraak, voor hy uiteindelik sien wat sy skryf.

"Ja meneer."

Sy het vinnig getik en haar aangespoor om op haarself en haar geluk op te tree:

"Gaan dan in my kantoor in en maak die deur toe. Wanneer jy by my kantoor ingaan, sal jy al my bevele gehoorsaam, jy sal op my skoot lê sonder om te praat en jy sal jou aan my pak slae onderwerp."

***

Sy knip haar oë vir sy antwoord.

Hierdie wedstryd het ernstig geword, maar dit was net 'n speletjie, reg?

Het hy haar getoets?

Moet ek teruggaan?

Hulle was albei senuweeagtig en gespanne vir hul eie redes, vasgenael voor die rekenaarskerm.

Sy wou nie die eerste wees wat terugdeins en dat hy haar terg nie.

Sy het geskryf:

"Ja meneer".

***

"Kom dan na my kantoor toe, Susy, en maak die deur toe."

Daar was geen antwoord nie, maar sy het haar kantoor binnegestorm en die deur toegemaak soos 'n beangste haas, ongelowig oor wat sy pas aanvaar het, en dink dat hy nog met haar speel.

Hy het oënskynlik onbewoë gesit terwyl sy liggaam na haar seer, en sien haar vrees, verwarring en die hitte in sy oë wat haar aan die gang gehou het.

"My skoot wag"

Sy gee 'n tree vorentoe en hy lig sy hand op, stop in die middel.

"Jy het ingestem om my te gehoorsaam om hierdie kamer binne te gaan, nie waar nie?"

Sigbaar bewend het sy gefluister:

"Ja meneer".

Hy het na die grond gewys, was aangemoedig en grom,

"Kluip na my toe."

Hy het gekyk hoe die emosies op haar gesig speel, onwilligheid, vrees, vrees, opgewondenheid en uiteindelik onderdanigheid.

Hy los die asem wat hy ophou terwyl hy kyk hoe die begin van sy droom waar word, haar klein lyfie wat op haar knieë sak en dan in sy hande terwyl sy na hom toe begin kruip.

Hy voel hoe sy piel ruk by die aanskoue van haar.

Dit was uiteindelik syne, al was dit net vir vanmiddag.

***

Sy kon nie glo sy doen dit nie, hierdie man wat sy haar hele lewe lank geken het, gaan haar regtig slaan.

Die wedstryd het te ver gegaan, maar hoekom het hy dit nie gestop nie?

Sy besef dat sy hom wou hê!

O God, wou sy hom hê?

Was daar iets fout met haar?

Hoekom het dit so gevoel?

Haar oë sluit op sy sterk lyf in sy groot stoel toe sy sy voete bereik en gly soos 'n slang beweeg sy op sy skoot.

Hy het geweet dit is verkeerd, maar hy kon dit nie help nie.

Sonder woorde, sonder bespreking, sonder om haar te streel omdat sy 'n goeie meisie is, het sy hand hard in haar gat geslaan, en sy het gegil.

***

Hy kyk na die pragtige engel wat na hom toe kruip, sy gedagtes wat na die donkerste plekke toe gaan en moet terugdeins, so jonk en beïnvloedbaar dat hy nie sy waarde besef het nie.

Hy het al sy wilskrag gebruik om passieloos te bly terwyl sy op sy skoot gly, seker hy kan hierdie hardheid in haar maag voel terwyl hy haar romp oplig, 'n pienk riempie ontbloot, sy hand oplig en haar met al sy mag slaan.

Al het hy dit net een keer geniet.

Kyk hoe haar gespanne spiere rimpel onder aanval en haar handafdrukke gloei rooi op haar wit vel.

Sy gil en hyg:

"Ohhhhh thatooo hurtsleeeeee".

Sy gil en draai haar bene skoppend terwyl hy haar weer diep sweep.

***

Sy verloor tred met die pak slae soos pyn haar lyfie vul en haar warm maak.

Sy merk die hitte wat in haar klein poesie begin en die nattigheid op haar bobene terwyl hy haar sweep.

Verlore in sy warmte en moet skree, klein traantjies streel haar wange.

***

Sy hand raak lam terwyl hy haar hard sweep terwyl hy die styfheid van haar harde spiere geniet, haar gille en pleidooie dat sy moet ophou om hom te slaan terwyl hy haar klein gat helderrooi verf.

Hy stop toe hy sien haar nat tussen sy bene, ongelooflik, haar lyfie ruk op sy skoot.

***

Haar gedagtes is opgesluit in die krag van hierdie man terwyl sy hyg en skree.

Terwyl hy aanhou om haar hard en vinnig te sweep, neem haar liggaam oor soos haar gedagtes tol, voel sy die hitte en opgekropte behoefte aan 'n te onbekwame kêrel en verloor in die sensasie van haar koms, hard word, en haar orgasme. spuit op haar dye met hierdie eenvoudige pak slae.

Sy voel hy stop en sterf binne.

Sy skaamte vul haar terwyl sy hygend en snikkend op sy skoot bewe.

Die warmte van haar bloos het haar gesig gevul, so verleë, hoe kon sy dit gedoen het?

***

Hy glimlag terwyl hy sien hoe haar gesig spoel van verleentheid, haar in plek hou, wetende dat dit haar oomblik is.

"Gedurende die volgende week sal jy my slaaf word. Dit sal jou koninklike beroep wees. Jy sal my gehoorsaam in alles wat ek jou beveel.

Jy sal te alle tye in sig bly en my toestemming vra om te vertrek indien nodig, al is dit net om gaan badkamer toe. Ek sal jou besit en jy sal my gehoorsaam. Aan die einde van 'n week sal ons weer hieroor praat."

***

Sy lê op sy skoot en voel die orgasme van sy pak slae en luister na sy woorde.

Dit is 'n stelling, nie 'n vraag nie.

Hy besef dat hy hom nie opsies gegee het nie.

Sy kantel haar kop in skaamte, bewe oor wat sy pas gedoen het.

En sy kreun:

"Ja meneer"

AANVAARING VAN DIE SITUASIE

"Jou slaaf vir 'n week."

Die week kan nie te sleg wees nie, want hy het haar altyd soos 'n prinses behandel.

Selfs ná haar moeilike tyd 'n paar minute gelede en haar versoek om volkome gehoorsaamheid vir 'n week, het hy haar opgetel, haar trane afgevee en na haar privaat badkamer gestuur om skoon te maak.

Sy het voor die spieël gestaan en haar skaamte herleef, sy was 'n slegte meisie en nou het Robert dit geweet.

Dammit!

Sy byt haar lip en wonder of hy dit alles geheim sal hou terwyl sy sy speletjie speel.

Want dit was 'n speletjie, reg?

Hy het uit die badkamer gekom, sy gesig nie meer weerspieël deur wat pas gebeur het nie met sy rooierige boude wat die enigste eksterne bewys daarvan was.

Sy stap na hom toe en voel hoe haar gesig weer spoel en hy gee vir haar sy cum-deurweekte riempie.

"Ok, so goed. Ons het egter albei mense vir wie ons lief is, en dit was, ummm, pret, maar ek wil nie hê dat een van hulle moet weet nie ..."

Toe hy haar diep bloos sien en die selfverwyt in haar stem hoor, onderbreek hy haar deur haar voordeel uit te druk:

"Dat jy my laat slaan het totdat jy orgasme bereik het? Dat jy ingestem het om vir my nie minder as 'n week te slaaf nie? My lieflike Susy, jy is 'n baie stout teef!"

Hy kyk hoe sy bleek met die laaste woord totdat hy sy kop laat sak het om na sy voete te kyk.

Voor haar lig sy haar ken, hou die pienk riempie voor haar vas en hy glimlag.

"Verstaan ek wil ook nie ons gesinne seermaak nie. Maar van nou af sal jy my Meester noem as ons alleen is. Ek, my lieflike baba, is 'n Meester en as sodanig het ek 'n slaaf nodig. Een week hier by die werk en aan die einde van die week sal ons weer praat en ons sal sien hoe ons van daar af sal voortgaan."

Daarmee steek hy die riempie in sy sak en keer terug na sy lessenaar.

Hy lig 'n koevert vir haar en ontmoet haar vraende oë.

"Hierdie is 'n lys van die reëls wat jy gedurende die week moet volg. Jy kan nou huis toe gaan en dit daar bestudeer. Kom môre vroeg, ons het baie om te doen. Ek sien jou soggens seweuur."

Hy het opgestaan en haar wang saggies gesoen, hy het die kantoor verlaat en die dag afgesluit.

Toe hy nader kom om hom te soen, hoor hy hom fluister: "Ja, Meester", wat hom breed laat glimlag het.

DIE REËLS

Daardie aand lê hy in die bed en lees sy instruksies vir die week, en skud sy kop.

Dit het baie ongemaklik gevoel, maar om een of ander rede kon sy net nie nee sê nie.

Maar ek moes nee gesê het.

Hy was reg, sy was 'n hoer.

Sy wou voel hoe hy haar slaan.

Haar kêrel was soet, maar hy kon haar nooit regtig slaan soos Robert gehad het nie.

Sy het gevoel hoe sy harde piel teen haar maag druk, geestelik in ag genome sy grootte en vorm.

Haar kêrel het verbleek in vergelyking met haar verbeelding.

Sy het aan die slaap geraak terwyl sy die pakslae herleef en dink aan die week wat voorlê, haar hand vasgevang tussen haar bene en haar tweede orgasme van die dag kry.

***

Vroeg wakker geword om te gaan stort.

Hy het alles geskeer soos in die reëls voorgeskryf en versigtig aangetrek.

Haar hare was in 'n goedgemaakte poniestert vasgebind.

En sy het 'n camisole onder haar bloes in plaas van 'n bra aangetrek, dankbaar vir haar parmantige borste en haar broekie onder haar kort rompiepakkie ingeskuif.

Met grimering aan soos aangedui, gryp sy haar beursie en hardloop net betyds by die deur uit om die vroeë bus werk toe te haal.

Die afwesigheid van die gewone oggendverkeer wat so vroeg was, het die gebou vreemd verlate laat lyk toe sy aankom, dink sy toe sy op die hysbak klim.

Toe sy die stil kantoor binnestap, was sy verbaas om die ligte aan te sien en dat hy reeds daar was.

Hy het na sy lessenaar beweeg en vinnig "Goeiemôre, Meester" gestuur om hom van sy aankoms te laat weet.

***

Hy kyk op sy horlosie en glimlag.

Net betyds.

Hy het die nag deurgebring met die beplanning van die week wat voorlê.

Die beloning van die opgehoopte jare waarin hy hierdie pragtige meisie moes besit wat hom so behep het.

Hy het haar nodig gehad om haar nuwe rol te aanvaar, om haar liggaam en siel te verslaaf, en sy het net 'n week gehad om dit te doen.

Hy het deur die nag beplan voordat hy besluit het oor sy volgende skuif.

Hy het glimlaggend geskryf:

"Goeie meisie, jy is betyds hier. Kom na my kantoor toe, maak die deur toe en trek uit. Gaan dan na die middel van die kamer en wag daar."

***

"Ja meester."

Hartklop, stap sy by haar kantoor in en maak die deur agter haar toe.

Sy voel hoe sy oë haar stip dophou, draai om en gee 'n tree vorentoe.

Stadig het sy elke kledingstuk wat sy aangehad het verwyder en dit op die vloer langs haar neergelê.

Uiteindelik naak, het sy haarself op die sagte mat, in die middel van die kamer, geplaas om aan sy genade, sy slaaf, oorgelewer te wees.

Sy hou hom dop terwyl hy opstaan en van sy lessenaar af beweeg.

Hy sweef om haar terwyl hy haar dophou, kop tot tone, elke duim van haar vel, wat nie aan haar raak nie, maar so naby dat sy die hitte van sy lyf op haar hoendervleis kan voel.

Skielik het hy na sy lessenaar teruggekeer, vir haar gesê om aan te trek en aan die werk te gaan, en het haar opgehou om aandag te gee om voort te gaan met haar werk.

***

Hy kon haar verwarring en teleurstelling sien toe sy aantrek en teruggaan na haar lessenaar.

Hy het geweet dat sy gereed was om te doen wat hy ook al besluit, om sy wil te gehoorsaam en meer nog, tot sy vernedering en skaamte wat haar sy speletjie laat speel, maar hy wou nie te hard druk nie.

Hy het nodig gehad dat sy meer wou hê, meer nodig het.

Hy draai om om na sy oefenprogram op sy lessenaar te kyk.

Sy kooklesse het goed gegaan.

Dit het gelyk of die mense in die maatskappy daarvan gehou het.

Hy tik op sy ken terwyl hy dink dat dit dalk binnekort in die lug kan wees om vir haar 'n ete saam met 'n paar vriende van die klub te bestel.

Hy het by sy lessenaar gesit met sy gedagtes en onthou van die pak slae wat hy haar gegee het, sy piel wat daaruit swel, sy hand wat teen haar borsel voel die opwinding, sien haar naak en so gewillig gehoorsaam dat dit hom amper sy planne, sy lus en nood laat vergeet het. om die meisie te oorheers.

Het 'n kitsboodskap gestuur:

"Masturbeer jy, Susy?"

Hy wag terwyl die kitsboodskap op sy lessenaar flits.

Hy kan hom indink dat sy vroetel, haar poes by die vraag knyp, maar sy het al soveel meer tydens hul speletjies gebieg.

"Ja, Meester, dikwels."

Hy het die volgende boodskap geskryf en sy volgende woorde versigtig gekies, omdat hy nie net met haar wou speel nie, maar hom wou laat dink:

"Kan dit wees dat hierdie jong man, wat jy nie veel sien nie, jou nie genoeg bevredig nie, klein teef? Miskien sal hierdie week jou help om tevrede te bly."

Hiermee het hy die gesprek afgesluit.

***

By haar lessenaar was sy verstom oor die antwoord en die skielike afsluiting van die gesprek, maar sy het oor sy woorde gelaat.

Later, besig met haar werk, het sy nie besef hy het agter haar gekom nie totdat sy hand op haar skouer opgekrul en op haar regterbors gerus het.

Hy leun af om in haar oor te fluister:

"Ek kyk net hoe my teef hard werk."

Hy streel oor die verharde tepel en luister hoe haar asemhaling versnel, en glimlag.

Hy het toe haar hand verwyder en sy kantoor verlaat voordat hy na haar gedraai het:

"Jy weet, Susy, hierdie gaan 'n baie bevredigende week wees."

***

Hy het haar heeldag senuweeagtig gehou met klein liefkosings en klein grappies wat haar altyd meer vir sy onbewustelike bewegings laat verlang het en sy het al hoe meer gebloos.

Tevrede dat hy sy nood heeldag wakker gemaak het, wou hy meer hê.

Die boodskapper flikker op sy lessenaar.

"Voor jy vandag gaan, teef, sal jy by my lessenaar opdaag en toestemming vra om my diens vir die dag te verlaat."

***

"Ja meester." Hy het getik en vinnig gehaas om klaar te maak wat hy doen en sy lessenaar op te ruim.

Sy was 'n bietjie opgewonde.

Hy het haar heeldag geterg, haar broekie was nat en taai, en sy kon nie glo sy voel so warm nie.

Sy bloos met die wete dat sy die klein teef is wat hy haar genoem het, maar dit lyk of sy haarself nie help nie.

Sy staan op en stap by sy kantoor in en maak die deur toe en wag dat hy haar nader bring.

Dit was vir 'n paar minute so, hoewel dit baie langer gelyk het.

Dit het haar meer senuweeagtig gemaak totdat hy na haar gekyk het en na 'n plek op die vloer langs haar lessenaar gewys het.

"Hier, Susy."

Sy het amper na die plek gevlieg en wil weer naby hom wees.

Toe sy sien hoe die glimlag haar gesig verlig oor haar honger, het haar blos weer haar gesig gevul.

"Voordat ek vertrek, is daar nog een ding wat ek moet evalueer." Hy kan sien hoe sy effens bewe terwyl sy sy woorde absorbeer. "Wees 'n goeie hoer en leun oor die lessenaar voor my, Susy."

Toe hy haar misverstand sien, het hy nie gewag dat sy moet beweeg nie, maar eerder opgestaan, haar aan die arm gevat en haar gedruk om teen die lessenaar te leun, haar voete raak skaars aan die vloer.

Hy hardloop sy hande op haar dye en versprei dit wyd, en klik hard met sy tong.

"My teef Susy, wat het jy vandag gedoen om dit so nat te maak?"

Toe hy haar klein huil hoor en die diep blos sien, glimlag hy vir haar reaksie.

Hy kon maklik haar konstante speletjies vir haar opwinding blameer het, maar sy het stilgebly, skaam dat hy haar 'n hoer genoem het.

Hy trek met sy vingers oor die nat katoenbroekie en gaan voort.

"Wat moet ons met so 'n nat slet maak?"

Hy haak sy vingers in haar broekie, streel oor haar nat gleuf, kyk hoe sy kronkel en hyg na al die speletjies waaraan hy haar gedurende die dag onderwerp het.

Hy gryp haar klit tussen duim en wysvinger vas, druk stadig en grom:

"Antwoord my, klein teef!"

Toe hy haar hard hoor kreun en sien hoe sy bewe, glimlag hy weer.

Teen haar lessenaar gedruk, haar dye wyd gesprei.

Sy voel hoe sy vernedering oor sy woorde haar gesig met kleur vul, wat haar nog meer nat maak.

Sy speelse hande en vingers het haar heeldag senuweeagtig gehou, haar klein lyfie veeleisend en het sy aanraking nodig.

Nou laat die gevoel van sy vingers terwyl hulle haar poesie streel haar heupe onbewustelik beweeg.

Sy oë rek groot toe sy vingers haar klit vasgryp en druk en sy kreun hard:

"Ja, Meester, ek bedoel, nee Meester, o, God!"

“Jy weet wat om te doen!” gil sy toe hy haar boude hard klap.

Hy het aangehou om te druk wat pyn in haar klein lyfie veroorsaak het terwyl sy weer geskree het.

Sy oë was vol trane toe hy haar weer slaan en 'n antwoord eis:

"'n Slaan, Meester!"

Sy voel hoe haar klit ruk toe hy haar gat weer klap.

Sy het 'n orgasme gehad, en het haar pyn en behoefte uitgeskreeu.

Hy trek sy hand terug en kyk na die hoer, so bly sy smeek hom amper.

Hy lig haar op, soen haar betraande gesig, terwyl sy onbeheersd in sy arms ruk, haar rug vryf en haar gerusstel.

Hy het haar badkamer toe geloop.

"Maak jou grimering reg my teef, ons wil nie hê mense moet dink ons speel hier iets nie."

Hy sien hoe sy na haar breë, tergende glimlag kyk terwyl sy diep bloos en haar kop laat sak.

***

Terwyl sy buk om haar gesig te was en reg te maak, onthou sy hoe dit gevoel het toe hy aan haar vat.

Die oënskynlike hardheid onder sy broek.

Haar gedagtes dwaal met beelde van hoe sy haan moet wees.

Sy sidder.

***

"Aangesien jy so 'n onaangename meisie is, maar jy 'n engelgesig het, sal jy nat broekies dra, Susy, laat mense wonder of die engel so onskuldig is soos hy lyk!" Hy verlustig hom in die sidderende uitdrukking op haar gesig. "Môre nadat jy gestort het, wil ek hê jy moet jou gunsteling broekie kies en dit oor daardie klein poesie sit." Sy gedagtes flits terug die herinnering aan haar stywe, varsgeskeerde poesie van sy inspeksie daardie oggend. "So ek wil hê jy moet masturbeer tot op die rand van orgasme en dan stop, klaar aantrek en werk toe gaan. Sodra jy aankom, kom na my kantoor toe."

Sy oë het groot geword, sy hart het woes begin klop.

Wat hy gevra het was bietjie verregaande, maar haar poes het styfgetrek en sy voel hoe dit nog meer drup.

Met 'n bewende stem het sy geantwoord "Ja, Meester".

Hy kyk na haar met deurdringende oë wat haar meer laat bloos.

Sy hand gaan om haar om aan haar nat, katoenbedekte poes te raak.

Dan fluister hy in sy oor met 'n dreigende gegrom:

"En moenie hierdie week seks hê met jou onoplettende kêrel nie, Susy. Jy is myne hierdie week. Het jy dit?"

Sy gesig het briljant verlig terwyl hy fluister: "Ja, Meester."

***

Daardie aand het sy aan en af geslaap.

Haar drome was met hom vervul, sy liggaam was so opgewek dat hy voortdurend nat en behoeftig gelyk het.

Sy het dit oorweeg om haar kêrel te bel.

Hoe kon die Meester uitvind of hy dit gedoen het?

Sy het ten diepste geweet dat dit haar gefrustreerd en skuldig sou laat voel, so sy het haar kop in die kussing begrawe en probeer om terug te gaan slaap.

***

Die volgende oggend, na lang voorbereidings, vertrek hy werk toe, op rustelose bene terwyl hy gereis het.

Hy het rondgekyk om te sien of mense sy opwinding kan voel, sy tepels wat voortdurend verhard word van sy behoefte om te kom en maak dat sy knopie hom irriteer.

***

Sy het direk na haar kantoor gegaan met aankoms.

Hy was op die foon met iemand en toe sy oë na haar draai, het 'n glimlag verskyn.

Hy het 'n pen opgetel en "onttrek" op die notaboek langs hom geskryf.

Hy blaai die bladsy na haar en beduie die plek voor haar stoel tussen haar gespreide bene.

Haar bene het gebewe toe sy gehoorsaam om die groot lessenaar stap en begin uittrek.

Hy bedek die mondstuk met sy hand en fluister:

"Stadig, dit is nie 'n mediese ondersoek nie"

Hy knipoog vir haar en sy bloos en knik en verstaan hom om meer sensueel uit te trek.

Dit het hy gedoen en uiteindelik naak, hoor hy hom sê:

"Jammer Harry, ek moet jou nou los. Ek bel jou later, iemand vereis my aandag."

Hy het vir haar geglimlag en die foon neergesit.

Hy het haar krities geïnspekteer, 'n vinger oor haar binne-bobeen laat loop om haar nattigheid te voel, dan teruggeleun en met sy tong oor die punt van haar nat vinger gedruk.

"Draai om en buk oor die lessenaar jou klein teef, en met jou bene gesprei."

Sy het omgedraai en omgedraai en haar stywe klein gat aan hom voorgehou.

Terwyl sy die klein puntjie van die stof dophou wat by haar poeslippe uitspruit, knyp hy dit en, aanloklik, stadig begin trek.

Grootoog en amper waterig van die warrelwind van emosies en gevoelens, beweeg hy haar broekie en kyk hoe haar poes nog meer drup toe sy dit oplig.

Toe die strook lap in haar spleet kom, het hy hard getrek en haar gesig in die weerkaatsing van die venster dopgehou terwyl sy haar lip byt en kreun.

Hy slaan haar kaal boude en sê vir haar om op te staan, en kyk krities na haar terwyl sy regop kom en na hom draai.

Ná sy inspeksie het hy haar nog een keer op die boud geslaan en haar beveel om haar klere reg te maak, haar deurweekte broekie aan te trek en terug te gaan werk toe.

Die bloos en verwarde uitdrukking op haar gesig het hom baie behaag.

Toe draai sy haar rug op hom en tel die telefoon op om hul vroeëre gesprek te hervat, haar oë gefokus op haar weerkaatsing in die afskortings van haar kantoor.

"O ja." Hy het by homself gedink: "Hierdie gaan 'n baie bevredigende week wees. En as my plan slaag, sal dit baie, baie langer as 'n week wees ...."

ONTMOETING MET 'N BESTUURDER

Hy het teruggekeer na sy lessenaar, sy gesig blos van verleentheid en verleentheid.

Dit het nie eens by hom opgekom om nee te sê en die speletjie te stop nie.

Hy het vir lang minute gesit en wonder wat kan gebeur as hy dit doen.

God, dink sy. "Sal ek haar afdank en aan haar familie verduidelik hoekom of vir hulle sê sy moet dit doen omdat sy so stout is?

"Miskien," redeneer sy. "Sy kon na haar pa gaan en vir hom sê wat hierdie man haar laat doen het, maar sy het depressief geraak toe sy besef het dat hy nie regtig iets gedoen het waarvoor sy nie ingestem of gevra het nie en sy kon dit nie vir haar pa sê nie."

Sy het geglimlag terwyl sy aan haar liefdevolle pa gedink het.

Sy was sy lieflike engel, en sy kon dit nie verdra om hom teleur te stel met die waarheid nie, dat sy 'n klein jakkals was soos Meester Robert haar genoem het.

Verlore in haar droom, het sy nie die flitsende kitsboodskap gesien voordat dit te laat was nie.

'n Tweede en derde boodskap verskyn "HIER NOU!"

Sy hoor hom amper gil terwyl sy in afwagting spring en bewe.

Sy het nie geantwoord nie, maar by haar kantoor ingehardloop en reg by die deur stilgehou.

Toe hy inkom, en sonder om te praat, het hy vir haar beduie om die deur toe te maak en na 'n plek voor sy lessenaar gewys.

Sy stap stadig na die plek en staan afwagtend toe hy klaar notas op sy rekenaar tik.

Hy kyk teleurgesteld na haar en skud sy kop.

Sy stilte het haar meer senuweeagtig gemaak, en hy het opgestaan en haar bekruip, haar romp opgetrek, haar nog nat broekie ontbloot en haar boud hard geslaan.

Hy geniet haar gil, draai haar om en druk haar ken hard toe laat haar in sy oë kyk.

Hy leun in haar gesig en grom, "Ek, Susan, is jou Meester! Jy, my meisie, is my slaaf en jou onoplettendheid laat my glo dat jy dit moet onthou."

Hy kyk hoe haar oë van syne afdwaal.

"Kyk vir my!" Hy grom in haar gesig, smul aan haar sug terwyl haar oë na hom ophef.

Sy kyk op na hom en begin om verskonings te stamel, maar hy het sy hand stywer teen haar ken gedruk wat haar stilgemaak het terwyl haar oë met trane gevul word.

Sy het so pragtig kwesbaar gelyk dat sy piel geruk het.

"Jy sal natuurlik gestraf moet word, maar ek dink jy sal dit geniet om nog 'n pak slae te neem, nie waar nie, my klein teef?"

Hy kyk met tevredenheid, sy verleentheid spoel oor sy gesig hoe sy donker oë na haar opkyk.

"Ek wag vir een van die bestuurders en ek het nie nou tyd om jou ongehoorsaamheid te hanteer nie," stuur sy haar na die hoek van haar kantoor agter haar lessenaar, en gaan voort, "Staan in die hoek soos die stout meisie dat jy is, terwyl ek met Alan ontmoet."

Hy voel hoe haar verstyf word en sien hoe haar hande by haar romp begin afgly, maar hy slaan haar boud hard en laat 'n indruk rooi en warm.

"Los die romp soos dit is. Kruis jou arms voor jou as jy nie eers daardie eenvoudige instruksie kan volg nie."

Hy hoor haar kreun en snik terug, en met 'n glimlag wat haar gesig verlig, het sy na haar lessenaar teruggekeer.

Sy het fisies bleek toe sy hoor hoe hy sy stem verhef en skree:

"Kom in Alan. Ek is jammer my assistent was nie daar om jou in te laat nie."

Hy hoor 'n diep stem giggel toe Alan inkom.

"Geen probleem nie, Robert. Ek sien jy het hier opgeknap. Baie mooi moet ek sê, en daardie tikkie rooi wat jy bygevoeg het, amazing!"

Sy gedagtes het gejaag:

"Het hy van haar gepraat? Seker nie."

Maar sy kon nie help dat 'n helder blos op haar wange verskyn toe sy by die volgende venster uitkyk nie.

Sy het probeer om stil te bly en nie verward te raak in die hoop dat sy op die agtergrond sou verdwyn terwyl hulle oor een of ander kliënt of iets anders praat nie.

Uiteindelik het die vergadering geëindig en Alan het gelukkig vertrek:

"Ek dink ek kan my kantoor op 'n soortgelyke manier versier, Robert, maar miskien met 'n Nordiese tema."

Hy het Robert 'n slinkse knipoog gegee en bygevoeg:

"Ek word mal as ek 'n krom blondekop sien. Miskien is dit tyd om Anne my persoonlike assistent te maak."

Hy het hardop gelag toe hy weggaan en sy het ineengekrimp.

DIE NUWE SPEELGOED

Hy het haar nog 'n halfuur daar laat staan terwyl hy verslae op die rekenaar ingevul het voordat hy haar uiteindelik gebel het om na hom toe te kom.

"Ek hoop nie ek hoef jou weer te straf nie, slaaftjie, en om jou te help oplet, het ek 'n geskenk vir jou."

Hy maak 'n laai in sy lessenaar oop, haal 'n klein warm pienk silinder uit en kyk na haar terwyl sy nuuskierig daarna kyk.

"Sy is regtig so onskuldig," dink hy by homself en glimlag terwyl hy vir haar beduie om in die privaat badkamer in te gaan en die nuwe speelding soos 'n tampon in haar poes te steek.

Hy was mal oor die manier waarop emosies op haar gesig speel, betowerend bloos terwyl haar gedagtes veg teen haar onderwerping aan hom.

"NOU, slaaf!"

Sy neem die klein voorwerp uit sy hand en stap stadig na die badkamer, draai om om die deur toe te maak.

Maar sy het gesien hoe hy daarbuite leun en haar dophou.

"Ek moet eers piepie asseblief Meester." Sy stamel.

"Gaan voort, klein slaaf, ek sal jou nie keer nie." Hy het 'n bietjie weggedraai, maar nie van die deur af beweeg om dit oop te hou nie.

Hy verstyf en draai toe hy haar hard hoor sug.

Dit lyk nie of sy agterkom toe sy haar broekie aftrek om te urineer en die speelding insit nie.

Sy staan op en trek haar klam broekie terug in plek.

En toe haar hande gereed is om haar romp te laat sak, hoor sy hoe hy met sy tong klik.

Sy kyk op om te sien hoe hy sy kop skud.

Sy los haar romp styf om haar middel, was haar hande klaar en volg hom na sy lessenaar.

Sy sien hy frons vir haar en wonder wat sy kon doen om hom nou te ontstel.

"Susan, dit is 'n dag van lesse vir jou, dink ek."

Hy bly 'n oomblik stil en laat haar sy woorde oorweeg.

"Slawe sug nie vir hul Meesters nie! Verstaan? Dit is 'n eenvoudige, ja Meester, want soos jy my slaaf is, sal jy my gehoorsaam!" sy oë gesluit met hare toe hy sy mees onlangse oortreding verduidelik het.

Hy kyk hoe die afgryse en verleentheid oor haar gesig gaan, haar tande weer pragtig aan haar onderlip knip.

Soms is dit soos om 'n dogtertjie te straf, het sy gedink.

Met groot oë knik sy en herstel genoeg om te fluister: "Ja, Meester" toe sy sien hoe hy verder verhard word van woede.

Sy was nou bang, want haar duidelike woede het vir haar bevestig dat dit nie meer 'n speletjie is nie.

Bevestiging het haar soos 'n klap in die gesig getref wat haar met die krag van haar nuutgevonde bewustheid amper op haar hakke teruggeruk het.

Sy het geweet sy het te ver gekom, te veel gedoen, laat hom te veel aan haar doen, om nou te kan terugstaan of hom te vra om op te hou.

Enige so 'n woord sou in sy keel doodgegaan het.

Na minute se stilte begin sy snik en draai om om weg te loop.

Hy sien haar breek, die besef van sy voornemens spoel oor haar.

Dit was sy tyd om haar werklik syne te begin maak.

Hy moes vinnig beweeg voordat sy paniekerig raak en heeltemal van hom weghardloop.

Hy reik blitsvinnig uit en gryp haar arm voor sy kon hardloop.

Sy hou 'n afstandbeheerder teen haar oë en druk die knoppie om 'n lae neurie in haar poes te begin.

Sy ruk en maak 'n kreun en kyk op na hom.

Met 'n diep stem het hy gesê:

"Ja, slet, ek beheer daardie nuwe speelding in jou poes net soos ek jou beheer. Ek is jou Meester."

Hy kyk in haar bang oë terwyl hy haar boude streel.

Die speelding het teen 'n hoër spoed gegons.

Haar asemhaling begin toeneem met haar gevoel van opgewondenheid.

Hy leun af om in haar oor te fluister:

"Jy hou daarvan om my hoer te wees, nie waar nie, Susy?"

Hy het nog nader beweeg en haar nader aan hom getrek terwyl hy voortgaan:

"Sonder om te hoef weg te steek hoe stout jy is en die gevoelens in daardie stywe klein poesie wat speelding vir jou los as jy by my is, weet jy jy was bedoel om my te dien."

Daarmee het hy haar hard op die boud geslaan en dit met sy handafdruk warm gemaak.

Toe hy kyk hoe sy haar lip byt, kon hy sien hoe die emosies oor haar ekspressiewe gesig speel terwyl dit met kleur gevul word.

"Jy kan jouself by my wees, Susy. Ek is lief vir alles wat jy is en alles wat jy vir my kan en sal wees."

Sy kon voel hoe die hitte van haar afkom, skaamte en vrees gemeng met die groeiende seksuele honger wat in haar groen oë verskyn het as gevolg van die opwekking van die speelding in haar poes.

Dit was 'n stadige, doelbewuste keuse van woorde, wat hulle haar gedagtes laat binnedring het terwyl sy gesukkel het met die besef dat dit nooit weer 'n speletjie vir hom sou wees nie.

Hy het gepraat om haar kop onvermoeid met sy begeertes te vul.

"Ek ken jou amper jou hele lewe lank. Altyd so soet, so onskuldig en so gehoorsaam dat ek geweet het jy is gebore om 'n slaaf te wees, my klein vixa. Jy het 'n Meester nodig wat jou die plesier en pyn sal gee waarna jy smag."

Hy hou sy stem 'n sagte, lae geruis in haar oor, maar met 'n streng, bevelende rand aan sy woorde.

"Jy kan my vertrou, Susy, ek sal vir jou sorg en jou veilig hou terwyl ek jou drange en begeertes voed."

Hy het dit met nog 'n klap teen sy reeds rooi gat geteken.

"Al wat ek van die slaaftjie vra, is dat jy my dien en goed gehoorsaam. Ek is jou Meester, Susy. En jy, klein jakkalsie, is die slaaf wat ek begeer."

Sy hyg nou, haar lyf het sigbaar gebewe van opgewondenheid toe hy die speelding 'n bietjie harder aktiveer en weer haar gat klap.

"Ek sal jou besit en vir jou sorg as my kosbaarste besitting. As jou Meester sal ek jou oplei om my te behaag en jou te straf wanneer jy dit nie doen nie."

Sy hand slaan weer in haar boude.

Sy sprei haar bene effens wyer, hou haar skaars regop terwyl hy haar gee wat sy nodig het.

Net soos hy haar wou oorheers, het sy sy eise vir beheer oor haar nodig gehad.

Sy kon sien en voel hoe warm hy kry elke keer as sy gehoorsaam het aan sy toenemend afwysende bevele, selfs nou terwyl hy in haar tranevolle oë kyk.

"Jy moet jou Meester vertrou en gehoorsaam, Susy." Hy slaan weer haar boude en grom laag, "Kom vir my, my klein slet. Gehoorsaam my en kom vir jou Meester, slaaf."

Hy plaas sy been tussen hare terwyl sy haar heupe draai, laat haar haar nat, kloppende poes op hom slyp, kyk hoe haar kop agteroor kantel om te kerm.

Hy vou sy arms om haar klein lyfie en trek haar nader terwyl sy begin bewe en sidder, haar optel, haar na 'n opgestopte stoel dra en met haar op sy skoot sit en die gezoem binne haar stadig laat verdwyn.

Op daardie oomblik wou sy niks meer hê as om hom te behaag, om hom te gehoorsaam, om versorg en kosbaar te wees nie.

Sy sit lank op sy skoot en voel hoe hy haar streel, haar hare en rug streel terwyl sy kalmeer.

Omdat sy nie kon sê wat sy voel nie, het sy alles wat sy gesê en gedoen het deurdink.

In die dinge wat sy gedoen het en hom die afgelope drie dae aan haar laat doen het, in sy woorde van vertroue en sorg, die plesier en pyn wat hy haar gegee het.

Onbewustelik kronkel sy en byt weer op haar lip.

Haar blos het haar gesig gevul, haar verleentheid en vernedering het alle ander emosies oorgeneem.

Sy was nog 'n bietjie bang vir sy woede en wat hierdie gewaande speletjie regtig vir haar beteken het, maar sy het ook sy liefde vir haar gevoel.

Hy was amper soos 'n vaderfiguur, streng en streng maar liefdevol soos sy haarself so in sy arms wieg.

Was dit verkeerd van haar om so aan hom te dink as jy in ag neem wat hy gedoen het en hom dit aan haar laat doen het?

Hy het nie net hul skelmstreke aanvaar nie, maar hulle aangemoedig.

Dit het haar vir orgasmes laat skree, maar sy het nie hare gesoek nie.

Sy gedagtes het gedraai met wat hy voel.

Sy het gevoel dat sy dit vir hom wou doen, die sterk behoefte wat sy gevoel het om van hom weg te hardloop, is in haar agterkop gedruk, wat in hierdie oomblik vervang is deur 'n begeerte om hom te behaag terwyl sy oor sy woorde, sorg, vertroue en liefde.

Sy het haar verbeel hoe dit sou wees om deur hom genaai te word en gevul te word met sy sperma en sy krul in sy arms en druk teen sy sterk harde lyf.

Hy het met haar in sy skoot gesit en haar gesig dopgehou met die wete dat sy alles oorweeg wat hy vir haar gesê het terwyl hy aan haar groeiende masochistiese behoeftes gevoed het.

Hy glimlag terwyl hy kyk hoe sy haar lip byt en bloos.

Hy moes hierdie pragtige dogtertjie, liggaam en siel besit, om haar sy pyn meer te laat dra en vir hom te ly, maar hy het nodig gehad dat sy gewillig na hom toe kom.

Sy gedagtes het donkerder geword, en dit het al sy wilskrag geverg om nie sy plan weg te gooi en haar liggaam nou te neem om haar te besit en in sy diens te dwing nie.

Sy het besluit sy moet een van die maatskappy-slette gaan soek om haar frustrasie uit te werk voordat sy haar vasberadenheid verloor.

Met 'n klap op haar boude het hy haar wakker gemaak:

"Tefie, jy was vanoggend 'n nuttelose persoonlike assistent, so gaan terug na jou lessenaar en gaan aan met jou werk. Ek sal jou bel as ek jou nodig het."

Hy het geglimlag terwyl die speelding kortstondig gons sodat sy hyg en die betekenis daarvan al te duidelik verstaan.

Hy help haar op van sy skoot en glimlag terwyl hy haar deurmekaar blik en haar blinknat bobene inneem.

"Jy kan my badkamer gebruik om jouself op te ruim, klein slet, maar los die speelding waar dit is." Hy glimlag terwyl sy asemend na hom kyk.

"As ek liefhet."

Terwyl sy haar badkamer toe haas en na haarself in die spieël kyk, wonder sy of sy ooit sal ophou bloos wanneer sy by hom is.

Sy het vinnig haar grimering reggemaak, en die bewyse van die plesier wat hy haar gegee het, weggevee, sy ruk toe sy draai om haar blosende gat te sien.

Toe sy die badkamer verlaat, sien sy dat hy sonder 'n woord weg is en het teruggekeer na haar lessenaar en voel vreemd alleen sonder sy konstante teenwoordigheid.

BLOOTSTEL VOOR ANDER

'n Paar uur later voel sy hoe die speelding weer begin neurie oomblikke voor hy terugkom en ontspanne kyk en helder vir haar glimlag.

Deur die glimlag op haar gesig terug te keer by die aanskoue van hom, beweeg hy agter haar en kyk oor haar skouer na haar rekenaar en plaas albei hande op haar tiete en druk hulle totdat sy saggies kreun.

"Werk hard my slaaftjie?"

Voordat hy kon antwoord, het hy gekyk hoe Alan pronk met Anne, die blonde bom van die ontvangstoonbank, aan sy sy.

"Goeiemiddag, meneer Clarkson," glimlag Susan en probeer die feit ignoreer dat haar Meester se hande nog besig was om haar borste te knie, alhoewel die blos wat haar gesig bedek het boekdele gespreek het.

"Susan skat, ek het jou vanoggend gemis, ek hoop nie jy het probleme gehad nie."

Die oënskynlik altyd uitbundige Alan Clarkson het geknipoog en gelag:

"Anne is nou my persoonlike assistent en ek moet haar vir 'n paar goed gaan koop sodat ek haar behoorlik kan oplei in alles wat haar nuwe rol behels."

Sy het vir Susan geglimlag.

"Robert wil ook 'n paar goed vir jou hê, gelukkige meisie, maar ons moet 'n paar groottes en mates weet. Alhoewel van wat ek kan sien, was jou opleiding baie prakties."

Hy lag goedhartig en kyk hoe sy Meester se hande nog haar klein tieties bedek.

"Kom ons gaan na my kantoor om 'n lys te maak."

Haar Meester het saam met Alan gelag, haar aan haar tiete opgetel en haar liggies geklap om haar aan die beweeg te kry.

Hy het haar na die middel van die kamer geneem en haar beveel en na haar gestaar:

"Susan, raak kaal sodat Anne akkurate mates kan kry."

Hy kyk na haar met 'n streng kyk terwyl sy aarsel.

Sy verstar in ongeloof, die speelding het harder gegons sodat sy hyg en opkyk en hy lig 'n wenkbrou.

Sy sluk, skud haar kop effens.

"NOU Susan!" woede flits in sy oë toe hy na haar kyk.

Sy het met bewende hande gespeel en haar romp laat val en haar baadjie en bloes uitgehaal, wat sy aan Anne gegee het, wat die groottes nagegaan en aantekeninge gemaak het.

"Die bra ook, Susy, jy kan die vuil broekie solank hou."

Hy het verder kwaai na haar gekyk.

Sy was verskrik deur sy woorde en het haar bra uitgetrek.

Hulle het van haar af wegbeweeg toe sy klaar uitgeklee het.

Die twee mans het na hul Meester se lessenaar beweeg om hul lys rustig te bespreek, terwyl hulle haar van 'n afstand dophou.

Verwoerd van binne lê sy byna naak en bibber toe Anne aanraak en mates neem van verskeie dele van haar klein lyfie, insluitend haar polse, enkels en keel vir wat soos 'n ewigheid gelyk het.

Die blonde vrou se hande het blykbaar haar nog meer aangeskakel soos die speelding neurie wat haar natter maak en haar tepels onmoontlik hard, wat tot haar vernedering bygedra het.

Alan grinnik toe Anne uiteindelik opstaan en die maatband oprol.

"Kom slaaf, kom ons gaan inkopies doen!" Susan het gespanne, maar hy vat Anne aan die arm en lei haar uit die kamer, roepend oor sy skouer. "Ons sien jou oor 'n paar uur Robert."

Susan se oë rek groot oor die woord slaaf wat op 'n ander meisie gerig is en sy draai om om te kyk hoe hulle gaan.

Hy beduie vir haar om nader te kom, wys na 'n plek op die vloer agter sy lessenaar, naby hom, en hou haar dop terwyl die amper naakte op die plek hurk.

"Het jy daarvan gehou om heeldag daardie vuil broekies te dra?"

Hy hardloop 'n hand oor haar heup en haar poes voel haar nattigheid.

"Geen Meester".

Hy glimlag.

"Wel, trek hulle uit en die volgende keer as jy in die versoeking kom om broekies te dra, dink aan hoe dit gevoel het."

Sy glimlag het ernstig geword.

"Jy sal nooit weer iets dra wat jou klein poesie bedek sonder my uitdruklike toestemming nie. Verstaan jy my slaaf? Of jou ongemak sal baie erger wees, ek belowe."

Sy oë het hare deursoek om seker te maak sy verstaan dat dit, soos al sy bevele, ononderhandelbaar is.

Sy trek haar deurweekte, stink broekie uit, staan bibberend en naak voor hom, haal stadig asem en fluister:

"As ek liefhet."

Hy streel liggies oor haar boude, druk haar af, kantel haar op sy skoot, praat saggies, maar met 'n punt aan sy stem.

"Aangesien jy my slaaf is, as ek jou vra om iets te doen wat jy gehoorsaam, is dit die regte slaaf?"

Sonder om hom tyd te gee om te antwoord, en haar pragtige gat te streel, het hy voortgegaan om te sê.

"Dit is waartoe jy ingestem het. Ek vind egter vandag vir die derde keer dat ek jou moet straf."

Hy het geen ruimte vir haar gelaat om te reageer nie en glimlag toe sy kreun.

"Jou huiwering toe ek jou gevra het om uit te trek was nie aanvaarbaar nie, jy sal my slaaf gehoorsaam, ongeag wie daar is."

Hy voel hoe sy gespanne is toe sy haar walging beskryf.

"Jy moet vertrou dat ek jou nie in gevaar sal stel nie. Alan is ook 'n Meester en Anne is sy slaaf."

Hy het die hartseer en teleurstelling in sy stem laat insluip.

"Jou weiering om uit te trek toe ek jou beveel het om dit te doen, was 'n refleksie nie net op jou, slaaftjie nie, maar op my as jou Meester."

Sy het ineengekrimp oor die toon van sy stem, en vind haar skaam dat sy hom weer ontstel het, die behoefte om hom te behaag het haar vroeër gewek en gemaak dat sy om sy vergifnis wou smeek.

Sy het haar pleidooi begin uitspreek, maar dit stilgemaak.

"Ek verstaan dat jy slaaf voel en dit maak my hartseer dat ek jou weer moet straf, maar jy sal leer om my te vertrou en te gehoorsaam in alles wat ek van jou vra."

Sy kreun van verleentheid, asook van die hitte wat in haar opgebou het wat veroorsaak word deur sy streelende hand en die speelding wat diep binne-in haar druipende poes gons.

Sy voel hoe sy hand opgaan en haarself vasgemaak en dink hy gaan haar slaan, maar dit is vervang deur die sensasie van 'n dun staaf wat haar vel streel.

Soos sy linkerhand onder haar beweeg om haar poesie te streel, wat meer plesier byvoeg tot die mengsel van emosies wat deur haar dring.

Sy het geskrik oor sy aanraking, maar het 'n geskrikte piep gegee toe die staf in haar gat vasgebyt het en in haar vlees byt, wat veroorsaak het dat sy met haar voete vlieg in sy skoot spring.

Sy voel hoe sy vingers in haar poes insak en haar klit wat haar in plek hou en sy huil weer, haar hyg en gekerm verander in pynlike miaau en erotiese hyg soos hy haar nog twee keer slaan terwyl hy aanhou om haar poes te vinger.

Drie rooi stekelrige kolle het op sy vel verskyn vir elkeen van sy oortredings daardie dag.

Hy kon voel hoe die welte op sy vel brand toe die wrede staf weer deur sy hand vervang is.

Sy vingers het gedraai en aan haar opgeswelde klit gedraai terwyl hy meedoënloos in die krullerige lyne geslaan het, wat veroorsaak het dat sy in sy skoot draai en buk kreunend van pyn en opwinding.

Hy kyk na die welige rooi lyfie op sy skoot.

Sy vreugde en opgewondenheid was duidelik toe hy gekyk het hoe sy vir hom geniet en huil.

Hy was haar Meester, 'n lang wens wat wag om waar te word.

Aan die einde van die week sou sy haar plek as sy slaaf gewillig aanvaar of hy sou haar met geweld vat indien nodig, maar hy het geweet hy kon haar nie los nie.

Hy het weer in 'n lae stem gepraat en gegrom:

"Kom vir jou Meester, slaaftjie. Wys my hoe lief jy my straf het."

Haar liggaam het verdraai, geboë, gespanne en gebewe terwyl sy op sy bevel ontplof het.

Sy verstand was verlore, sweef in 'n wolk van plesier en pyn vir die derde keer daardie dag.

Sy het vir hom geskree en gehardloop.

NUWE UITRUSTING VIR SUSAN

Susan het moerig en verward wakker geword, steeds naak.

Sy was genestel in die Meester se arms op die groot skuimgevulde bank in sy kantoor.

Hy hou haar saggies, beskermend vas, soos 'n lieflike minnaar.

Haar liggaam het haar egter anders vertel en sy moes desperaat haar seer spiere strek.

Sy het saggies probeer losbreek van sy arms net om te voel hoe sy om haar styf trek.

Toe sy tou opgooi, het sy haar arms agter haar rug gerol en haar lyf gestrek en voel hoe haar spiere protesteer en meer pyn voel.

Sy ontmoet sy oë terwyl hy na haar kyk.

Uiteindelik laat sy haar omhelsing los en hardloop sy hande oor haar lyf terwyl sy soos 'n kat rek.

"Jy's myne." Hy het eenvoudig gesê.

Hy slaan sy heup liggies,

"Dit word laat klein Susy, jy het 'n rukkie geslaap, ek het 'n kar wat vir jou by die voortrappe wag om jou huis toe te neem."

Hy glimlag sag vir haar.

"Jy moet beter aantrek en huis toe gaan, voor ek meer dinge kry wat jy hier kan doen."

Sy oë rek groot en hy lag.

vra vertel dat ek jou laat by die werk gehou het vir opleidingsdoeleindes."

Hy lag opreg vir haar blosende gesig toe sy opstaan en afkyk na haar rok.

Sy ruk en voel 'n warrelwind van ongemak terwyl sy die romp oor haar boude glad maak.

Sy het kort na haar badkamer ingegaan om haar hare en grimering so goed moontlik te doen voordat sy agter haar lessenaar gestap het om haar weggooide vuil broekie te gaan haal.

Onderbroek in die hand stel sy haarself gehoorsaam voor en vra:

"Verskoon my vir die dag, Meester?"

Hy glimlag vir haar en staan op om haar diep te soen.

Geskrik het sy gesnak toe sy sy lippe op hare voel, verras deur die soen.

Na alles wat die laaste paar dae gebeur het, was dit hul eerste regte soen en sy het in hom ingesmelt.

Hy het haar na sy lessenaar gelei, sonder om die soen te breek.

Hy het dit versigtig op die tafel neergesit sodat sy haar sak kon haal, en hy het sag gepraat:

"Ja, my slaaf, jy het my uiteindelik vandag behaag."

Hy laat 'n sweempie van 'n glimlag oor sy gesig trek terwyl hy haar terg.

"Gaan huis toe, voor ek van plan verander."

Hy klop haar gat en geniet haar gekerm en verlaat haar, op pad terug na sy kantoor.

Ek was meer as tevrede.

Maar hy het nie geweet wat om te verwag toe sy die volgende oggend wakker word nie.

Hy het gewonder of hy dit op sy strafdag te ver geneem het.

Hy glimlag vir homself .

Sy was lieflik in haar natuurlike onderdanigheid, en hoewel dit op 'n stadium gedurende die dag gelyk het of sy wou vertrek, het sy gebly.

***

Die kar het vir haar gewag soos hy gesê het.

Die bestuurder was vriendelik en toe hy binne was, het hy vir hom 'n sak van 'n plaaslike restaurant gegee.

"Meneer Robert het my gevra om vir jou iets te eet om te kom haal, want hy sal jou laat by 'n oefensessie hou."

Hy glimlag vir die verbasing en die pienk kleur wat oor sy wange kruip toe sy die sak vat en hom bedank.

Die pad huis toe was stil.

Hy kyk na haar in die spieël terwyl sy by die venster uitkyk sonder om regtig die natuurskoon te sien, haar oë verloor in haar gedagtes oor haar dag.

Hy het geglimlag terwyl hy met sy vingers aan sy lippe geraak het, en dink aan alles wat gebeur het.

En oor wat gebeur het, was dit in sy soen dat hy vertraag is.

Die waarheid was, sy het die dinge geniet wat hy haar laat doen het, dinge wat sy nooit alleen of saam met haar kêrel sou gedoen het nie.

Sy het daarvan gehou om te kon voorgee dat sy 'n 'goeie meisie' is wat rondgestoot word in plaas daarvan om te erken dat elke nuwe ervaring wat hy vir haar gebring het, haar verstand en liggaam opgewonde maak.

Van al daardie dinge was dit egter die soen wat haar bygebly het.

Die intimiteit van hul diep, passievolle soen was so anders as die gebiedende, kalm manier waarop hy geterg het en plesier en pyn na haar liggaam gebring het, wat haar skuld en skaamte, behoefte en begeerte laat voel het.

Sy het geweet wat sy doen, sy slaaf, is nie reg nie en tot vanaand het sy gewonder hoe verkeerd sy kan wees voor die week om is.

Hy het weer aan sy lippe geraak, maar dit lyk asof die soen hom op een of ander manier nie so sleg laat voel nie.

Sy het sy liefde en passie vir haar in daardie een soen gevoel.

***

Sy het op haar bed gegooi en gerol terwyl sy probeer slaap.

"Ek het grootgeword deur hom as deel van sy familie te ken, amper soos 'n oom. Hy was lief vir sy vergewensgesinde, huisliefde vrou en was vriende met sy seun!"

Sy gooi die deksels af en staar na die plafon vol skuldgevoelens en skaamte.

"Wat het met hom gebeur?"

Sy kreun sag terwyl sy hand haar lyf streel en die dag herleef, haar woede, haar vrees, haar teleurstelling, haar skaamte, haar begeerte, haar behoefte om hom te behaag en uiteindelik die passie van sy soen .

Sy het daardie dag vir die vierde keer gekom en uiteindelik aan die slaap geraak.

***

Sy het wakker geword en haarself na die stort gesleep, haar gevoelens van skuld en skaamte kom terug na haar toe.

Sy was amper bang om werk toe te gaan en uit te vind wat hierdie dag vir haar inhou, sy het siek gevoel en vir 'n oomblik oorweeg om siek in te meld, voordat sy haar kop geskud het.

Die paniek het haar verlaat toe sy uit die badkamer stap en saggies gevloek toe sy besef sy gaan laat wees.

Sy trek vinnig aan en hardloop met die trappe af om by die deur uit te vlieg.

Hy het uitgehardloop om direk in die arms van sy bestuurder van die vorige dag gevang te word.

Hy het haar gegryp net toe sy vir die bus begin hardloop het.

"Susan"

Sy kyk op.

"Bedaar meisie. Meneer Robert het my vanoggend gestuur om jou te kom haal."

Sy gee 'n tree terug en maak die deur oop wat haar in die motor gelei het.

Sy het gedwee gehoor gegee, verstom deur sy teenwoordigheid.

Hy het twee bokse gesien wat op die sitplek langs hom geplaas is, terwyl hy opklim.

Een het kaneelkoekies bevat wat met glimlaggesiggies en haar gunstelingsap versier is.

En in 'n groter boks was 'n briefie aan haar gerig.

Sy lees:

"Goeie môre my slaaf, ek hoop jy het lekker geslaap, ek is van plan om vir jou te sorg as my kosbaarste skat, maar daar is nog baie wat jy moet leer oor hoe om jou Meester te behaag. Jy is jonk en mooi, jy moet nie dra nie daardie outydse werksklere wat jou ma jou gekies het. Eet 'n vinnige ontbyt en trek die pak uit hierdie boks aan voor jy by die werk kom. Moenie bekommerd wees oor die bestuurder nie, vertrou en gehoorsaam Robert."

Sy het aan die bestuurder se skouer geraak en gevra of sy by 'n kafee of iewers met 'n badkamer kan stop, maar hy het sy kop geskud.

"Nee. Hulle het gesê ek moet jou aanhou nader trek, juffrou."

Sy het agteroor gelê en eet en oorweeg wat om te doen.

Sy wou nie gestraf word die oomblik toe sy instap nie.

Sy maak die koekies en sap klaar, sak in die hoek van die kar neer en hou haar baadjie teen haar bors toe sy die wit sybloes aantrek wat sy uit die boks gehaal het.

Haar tepels het hard geword en deur die sagte materiaal gedruk by die gedagte dat die bestuurder na haar kyk, maar sy was nie van plan om in die spieël te kyk om te kyk nie.

geplooide vlootrooi romp uit die boks en leun vorentoe om haar naaktheid te bedek.

Sy trek haar romp uit en sit die nuwe een op sy plek.

Sy het probeer om die beste te doen wat sy kon en het die geplooide top en romp aangetrek in plaas van die top en romp wat sy aangehad het.

Hy het 'n klein baadjie uit die boks geneem en dit op die sitplek langs hom neergesit en die boks nagegaan om seker te maak dit is reeds leeg.

Sy het 'n paar wit kant dy-hoë kouse gekry en 'n kleiner noot ...

jou sykouse aantrek en die bestuurder sal vir jou die laaste stukkie van jou uitrusting gee. Vertrou en gehoorsaam, slaaftjie. Robert."

Verskrik het sy geredeneer dat hy waarskynlik in elk geval gekyk het hoe sy verander, so sy het haar romp opgestap en die kouse teruggetrek, die rekkie styf teen haar dye.

Die bestuurder glimlag in die spieël en gee vir haar 'n paar hoëhak vlootblou skoene wat by die pak pas.

Met 'n blosende gesig neem sy die skoene met 'n sagte "Dankie" en sit haar klere in die leë boks.

Hy leun terug, trek sy skoene aan en vermy die bestuurder se oë vir die res van die rit.

***

Sy het uit die kar gestap en haar pakbaadjie aangetrek, en ontdek dat sy breë lapel haar ronde tiete omraam, en die twee lae knope het van haar middel af ingetrek om haar klein heupe wyer te maak.

Sy het die kort geplooide romp wat skaars die bokant van haar sykouse bedek het, glad gemaak en in die kar geleun.

Toe sy besef dat dit te laat is dat haar kaal boude sal wys, gryp sy die boks van haar ou klere en stap vinnig na die gebou, terwyl sy die glimlag op die bestuurder se gesig ignoreer.

Sy het hom bedank vir die reis en hy het haar 'n goeie dag toegewens.

***

Sy het by haar lessenaar gekom, haar tas en boks onder hom ingedruk en by sy kantoor ingestap en stilweg gewag dat hy agterkom terwyl sy 'n telefoonoproep voltooi het.

Hy glimlag sag en wys na 'n plek voor sy lessenaar.

Sy kom senuweeagtig nader op haar hoëhakskoene toe sy verder by die kantoor instap.

Sy staan voor hom terwyl hy om haar lessenaar stap en dit in stilte bekyk.

Sy hand beweeg op haar bobeen en onder haar kort rompie om haar gat te koppie en te druk, glimlaggend terwyl sy haar lip byt en haar asem ophou.

"Wel, my slaaftjie, jy het my behaag met jou gehoorsaamheid. Dit is een van die uitrustings wat Alan se slaaf gister vir jou uitgesoek het, hou jy daarvan?"

"O ja Meester. Baie dankie."

Sy hande het haar lieflike tiete omvou en met haar tepels deur die deurskynende materiaal gespeel en dit reggekry om hulle so hard soos pylpunte te maak.

"Trek uit jou baadjie."

Terwyl hy na haar ekspressiewe oë kyk, trek hy sy greep styf vas, knyp die harde knoppe tussen sy vingers toe sy haar baadjie uittrek .

Haar asemhaling het vinniger geword tot 'n hyg, haar oë het groot geword en 'n kreun ontsnap haar.

"So 'n lieflike klein jakkalsie, my drywer was baie beïndruk."

Sy oë vee oor haar.

"Ek was reg, jy kan vir 'n stout skoolmeisie in daardie uitrusting slaag."

Hy gee 'n tree terug, leun terloops teen die lessenaar en kyk hoe sy bloos.

"Strip slaaf, alles behalwe jou skoene en sykouse. Daar is ander goed wat ek jou wil sien dra voor ons ons dag begin."

Hy draai na haar toe sy haar klere uittrek, en streel haar saggies agter hom, voordat hy hom slaan en in sy oor leun om te grom:

"Meester geniet die rooskleurige bloos op jou boude."

Hy druk haar gat hard totdat sy kreun, hy glimlag en slaan haar weer.

Hy neem haar arm, lei haar om sy lessenaar, plaas haar langs hom terwyl hy gaan sit het.

"Kniel neer, slaaf."

Sy kniel terwyl hy haar dophou.

"Dit is die regte plek van 'n slaaf en jy sal dit vandag goed leer. As jy na my toe kom sal jy altyd kniel."

"Ja meneer"

Sy kyk hoe hy 'n laai oopmaak en verskeie goue kettings uithaal voordat sy weer na haar draai.

Hy het gepraat, sag maar streng.

"Daar is goed wat jy vir my sal dra wat nie klere is nie. Plaas jou hande agter jou nek en hou dit daar." Hy kyk hoe verbystering haar gesig vul terwyl sy haar hande agter sy nek beweeg en hul vingers inmekaar vleg.

Hy het haar posisie krities hersien, met sy hand uitgesteek om haar elmboë aan te pas deur hulle terug te trek, haar in hom te laat boog en haar tiete vorentoe te druk.

Sy het hulle rofweg gestreel en die tepels met meer knyp geknyp en weer gepraat.

"Ek gaan nog nie van jou vereis om hierdie deur te steek nie, maar ek wil hê hulle moet dienooreenkomstig versier word."

Hy kies 'n ketting en trek aan haar tepels deur die klein ringetjies aan elke punt van die ketting.

Hulle was styf genoeg om die ketting vas te hou, maar sonder om die vel te beskadig.

Hy het aan die ketting getrek en haar linkerbors geklap, haar laat kreun en haar oë nat laat.

Die kettingbande het om haar tepels styfgetrek soos haar bors geswel het.

Nadat hy haar tiete verskeie kere geklap het, het hy die ketting gegryp en hard getrek en die vleis van haar tiete gerek voordat die ketting afgekom het.

Sy kreun, bewe en trane rol oor haar wange van die angel.

Sy piel ruk toe hy na haar kyk.

Hy herhaal die proses terwyl hy haar tepels knyp en druk en haar tiete slaan terwyl hy vyf verskillende kettings probeer het, en elkeen van haar tepels met sterk rukke ruk terwyl hy 'n ander ketting probeer het.

Die ketting wat sy uiteindelik gekies het, was versier met klokkies wat aan die lusse gehang het wat met elkeen van haar klappe rinkel.

Teen hierdie tyd was sy tranerig van pyn toe hy weer sy postuur reggestel het.

Met sy skoen om sy knieë af te druk, grom hy.

"Sprei jou bobene, slet, ek wil jou poes sien blink, terwyl jy die pyn geniet wat ek jou gee."

Die blos op haar gesig pas byna by die rooi handafdrukke wat haar tiete bedek het terwyl haar bors geswaai het.

Sy voel hoe haar poes spasma en meer drup van sy woorde.

"Hoe kon ek dit geniet?"

Sy bors het gebewe van hitte en pyn.

"Daar moet iets fout wees met my, dit was nie normaal nie. Daar was geen sagte liefkosings of gretige kyke tussen hulle nie. Net opdragte, gehoorsaamheid, pyn en plesier."

Haar gedagtes het teruggejaag na gister se soen en haar lippe bewe saam met haar lyf terwyl sy sidder vir die herinnering aan die emosies wat sy gevoel het.

Hy druk sy skoen teen haar poes, vryf sy toon onder die leer op haar geswelde klit en kyk hoe haar hyg toeneem en haar lyf bewe, wat die klokkies vrolik laat klingel op haar seer rooi tiete.

Hy kan die hitte in haar oë sien terwyl haar heupe oor haar skoen rol en daarteen vryf.

Hy het aanhou speel met haar poes wat die harde leer op haar geswelde klit en drup-gat vryf.

Haar liggaam het voortgegaan om te golwe en haar heupe teen haar skoen te swaai, op soek na plesier daar.

Hy trek sy vingers deur sy hare en draai dit terwyl hy haar kop agteroor ruk en na binne leun om sy lippe amper teen haar hygende mond te druk, hard fluister,

"Kom vir jou Meester se plesier, jou visie wat pyn geniet. Jy is myne."

Hy kyk hoe sy harder teen sy skoen geboë, gespanne en sidder voordat sy uitgeroep het terwyl sy kom haar dye en skoen bedek.

"Sy was so mooi om so voor hom te kniel."

Hy ontmoet haar oë toe sy piel verhard word, pynlik vasgevang in sy broek.

Hy hou sy hand in haar hare, verlig sy sterk greep om haar te streel terwyl sy kalmeer.

Haar bewerige bene gebuig om haar onderkant op haar hakke te krul.

Terwyl sy van haar hardloop herstel het, het hy vir haar gesê:

"Vee my skoen af. slaaf"

Sy sien hoe sy begin beweeg om haar hand in sy hare op te lig en hy druk haar kop af.

"Met jou tong, klein jakkalsie, proe hoe soet jy is."

Hy kyk hoe haar kop aanbiddend op haar voete sak en glimlag.

Haar neus het gerimpel van misnoeë en haar gesig het dieprooi gebloei terwyl sy haar sappe van haar skoen aflek.

Hy het haar teen sy skoen vasgehou totdat hy tevrede was dat sy klaar was.

Terwyl hy haar voete wegstoot, hou hy 'n arm om haar terwyl sy op haar hoëhakskoene opstaan, terwyl die klokkies aan haar tepels klingel soet.

"Jy het vandag baie om te doen, slaaf, so trek daardie geil gat van jou aan."

Met 'n klop op die bodem, leun hy terug en kyk hoe sy haar bloes oor haar nou versierde tiete knoop.

Die ketting wat haar tepels heerlik laat uitstaan teen die pure sy, die klokkies duidelik sigbaar daaronder.

Terwyl hy terugkyk na die oop laai, het hy die ongebruikte kettings ingesit en na nog een item gryp voordat hy opgestaan en haar inspekteer wanneer sy klaar aangetrek het.

Hy knyp haar sykettingtepels vas, trek haar na sy lessenaar voordat hy sy vingers los en haar gesig na onder druk en weer op haar boude slaan.

Sy kreun, haar oë traan weer toe sy die konstante pyn en hitte besef waarmee hy haar vanoggend stort.

Sy het gebewe toe hy verduidelik dat hy vanoggend nog een ding gaan dra en hoe vinniger sy die take voltooi het wat hy haar gegee het, hoe gouer sal hy dit uittrek.

Sy kyk nuuskierig hoe hy 'n klein pienk plastiek voorwerp voor sy gesig hou.

Hierdie een was in die vorm van 'n klein wortel, maar haar nuuskierigheid is deur vrees vervang toe hy verduidelik het waar hy dit sou gebruik.

Sy krul onder sy greep op haar rug, haar bene druk teen hare.

Hy kon sy harde piel in sy broek voel.

Haar gedagtes is gevul met beelde van hoe hy haar neem terwyl sy sterk greep verswak het om haar sagter te streel.

Sy stem fluister saggies in haar oor om haar te streel.

Toe hy die vrees in haar oë sien inkom, het hy amper gestop, maar sy het so goed gevaar in haar gehoorsaamheid aan alles wat sy vanoggend wou hê.

Sy moes weet dat niks haar verbied is in wat hy van haar sou vra nie, so sy leun in haar oor en fluister:

"Jy, my slaaf, sal dit dra, want ek is jou Meester en dit behaag my."

Sy hand het die speelding op die lessenaar gelaat terwyl hy oor die sagte vel van haar boud streel.

"Klein slaaf, jy wil jou Meester tevrede stel, reg?"

Hy het gepraat en haar gestreel soos hy 'n skamele troeteldier sou doen.

Fluister sy behoefte om elke deel van haar te besit, haar te bemeester en haar volkome te besit.

Hy beweeg sy hand om die warm pienk vleis van haar boude te streel, met 'n vinger tussen haar onderste wangetjies na haar nat poesie, terg haar deur saggies oor haar onderste wangetjies te streel, weereens haar sappe te smeer, maar hierdie keer oor die donker, geplooide gat van haar, sy boude.

Sy hou die speelding voor haar gesig en fluister:

"Jy sal dit dra, slaaf, vir my, jou Meester."

Rol die speelding oor haar nat poes, bedek dit met sy kom, en druk dit dan teen haar boud.

Toe hy sien hoe sy gespanne en krap, lig hy sy hand van agter haar af en klop haar liggies agter haar.

"Ontspan slaaftjie, vertrou jou Meester."

Hy druk harder op die proppie en kyk hoe haar anale ring stadig om hom begin rek.

Sy voel golwe van botsende emosies deur haar rol.

Aangesien sy aan sy genade oorgelewer is, het sy haar lip gebyt met die wete hoe warm sy vir hom was.

Sy deurdringende vingers maak haar sensitiewe poes weer warm toe sy sy ander hand op haar boud voel speel.

Sy sidder toe sy sy fluistering hoor en voel sy harde piel teen haar heup.

Terwyl hy die speelding gevat het en meer met haar poes en gat gespeel het totdat sy dit nie meer kon vat nie en sy weer kreun en haar heupe beweeg.

Sy voel hoe hy die prop terugskuif in haar boude en dit teen haar druk.

Sy het gespanne en hy het haar geklap.

Sy maak haar oë toe en haal diep asem, miaau oor die vreemde sensasie dat haar gat opgefok is.

Dit het so groot gevoel in haar binneste, maar sy het van beter geweet.

Haar gedagtes wentel tussen die hitte van haar nat poes en die sensasie, nie so seer nie, maar prikkelend in haar boude toe sy anale ring om die prop styftrek om dit in plek te hou.

Hy grom toe hy kyk hoe die prop in die meisie verdwyn wat vir hom kerm.

Verlang om haar gesig te sien terwyl sy die prop dra, lig hy haar op sodat die romp op sy plek val en haar agter bedek.

Terwyl sy met nat oë na hom kyk en haar blos wat op haar wange skyn.

Hy het haar gat geklap, sy vingers soek na die prop en speel daarmee terwyl hy kyk hoe die emosies haar gesig bedek.

Hy glimlag in haar sagte gesig terwyl hy afleun om haar bewende lippe te soen.

"Jy het my baie behaag vanoggend, my slaaf. Maar laat ek jou sê, hierdie gaan nogal 'n lang dag vir jou wees. So, as jy enige planne vir vanaand het, moet ek dit kanselleer. Dink aan een of ander verskoning." Hy glimlag vir haar.

"En jy kan vir jou ouers sê dat jy 'n sakevennote-ete saam met my sal bywoon, aangesien ek jou buitengewone en unieke vaardighede sal vereis."

Sy luister hoe hy op sy lip byt, bloos terwyl hy met die prop in haar gat en die klem van haar poes speel vir sy woorde.

"Sy het hom behaag!"

Sy was verbaas oor hoe dit haar laat voel met sy soen wat plesier by haar vreugde voeg.

Sy het vorentoe gestap om teen sy piel te borsel, en besef hoe graag sy hom in haar wil voel in plaas van die speelgoed wat hy elke dag vir haar gebruik het.

Die besef hiervan het haar wange nog meer laat brand, haar gedagtes het haar bevelende toon nagevolg:

"Jy, klein Susy, het sy hoer geword."

Sy kon nie help met die gevoelens van vreugde wat sy gehad het om hom te behaag in die lig van gister se teleurstellings nie.

Skaamte en vernedering oor hoe sy hom behaag het, spoel kort oor haar.

Hy het haar kop op by haar ken gekantel en in haar oë gekyk terwyl hy haar botsende emosies sien, hy glimlag en soen haar diep.

Sy het weer gesmelt.

***

Sy het ongemaklik by haar lessenaar gesit en haar ouers gebel om vir hulle te sê sy gaan na 'n werksete, 'n vriend wat sy gedink het sy kan ontmoet vir koffie na werk, en die kêrel wat sy reeds vir die naweek uitgestel het.

Die telefoonoproepe is dus vinnig beëindig en sy het vir haar Meester 'n kitsboodskap gestuur om hom te laat weet.

Hy het haar teruggeroep na sy kantoor en sy het die kamer binnegegaan, die deur agter haar toegemaak en na haar lessenaar gestap voordat sy gekniel het om voor hom te staan.

Hy het dit ondersoek en sy posisie aangepas voordat hy verder gaan.

Sy luister aandagtig terwyl hy die knielposisie vir slawe verduidelik: knieë oop, hande agter rug, kop effens na hom gekantel, lippe geskei.

Sy het die slaaf-sitposisie verduidelik, wat baie soortgelyk was aan kniel, waar sy haar knieë kon rus deur met haar boude op haar hakke te sit.

As sy gevra word om haarself te wys wanneer sy op haar knieë of staan, sal sy haar hande agter haar nek vou en haar elmboë en skouers terug trek soos sy voorheen gedoen het.

Hy het hom gevra om dit te oefen en hom 'n eenwoordopdrag gegee om te kniel, sit of vertoon, terwyl hy vir hom die take vir die res van die dae vertel het.

Daar sou 'n laat middagete saam met 'n paar vriende van sy klub in sy kantoorvergaderingskamer wees.

Daar sal nie van jou verwag word om vandag te kook of te bedien nie, maar dit sal op ander tye deel van jou pligte wees.

Hy het haar streng gewaarsku dat sy nie moet skroom om vandag sy bevele te gehoorsaam nie, anders sal die strawwe ver oorskry wat sy gister ervaar het.

Sy sidder en fluister 'n:

"Ja meester".

"Jy sal my vertrou, klein Susy, dat van al die besittings wat ek het, jy die kosbaarste is."

Hy kyk in haar oë en sien hoe haar oë groot word van verwarring.

"Ja slaaf, jy is my eiendom. Jy is 'n kosbare skat en jy is myne."

Sy brein het vir hom geskree:

"Een week het ek aanvaar, dit was 'n speletjie!"

Haar gedagtes was besig om te draai, "sy het nie eers onthou dat sy haar ooreenkoms vir die week uitgespreek het nie. Hoe het sy hiertoe ingestem? Sy het gepraat asof sy haar vir altyd as haar slaaf wou hou!"

Sy gesig wys sy groeiende gevoel van vrees oomblikke voor sy mond in 'n diep, passievolle soen op hare neersak.

Sy kon sy verlange, sy behoefte aan haar, sy liefde in daardie soen voel en sy smelt in haar gedagtes, laat los om hom uit te vra, herinner haarself dat hy belowe het hulle sal aan die einde van die week praat.

Terwyl hy hul soen verbreek, staan hy op, laat haar asemloos kniel waar sy was, en draai terug na sy lessenaar.

Sy het verskeie lêers op die rand van haar lessenaar geplaas sodat sy persoonlik en in die volgorde wat sy gereël het aan sommige van die bestuurders kon uitdeel, asook 'n lys wat 'n verskeidenheid take vir die hele maatskappy uiteensit, insluitend die kontrolering van kos voorbereidings vir jou middagete.

Sy absorbeer alles wat hy aan haar verduidelik het en sê sag:

“Ja, Meester,” toe dit gelyk het of hy klaar was, maar sy het gebly waar sy was totdat hy haar anders vertel het.

Terwyl hy op sy horlosie gekyk het, het hy voorgestel:

"Jy beter slaaftjie gou maak, die opleiding het langer geneem as wat ek beplan het en jy het nog baie om te doen voor my gaste opdaag."

Hy het skielik na sy werk teruggekeer, en sy het vir 'n verwarde oomblik gekniel voordat sy opgestaan het, die lêers en lys gegryp en na haar lessenaar teruggekeer het om die take te sorteer en hoe om dit die beste aan te pak.

Sy het vir hom 'n kitsboodskap gestuur om hom te laat weet van haar vertrek uit sy kantoor.

"Maak gou dan slaaf. Jy het twee ure. Moenie wag nie want vir elke tien minute wat jy laat is sal ek jou straf."

Sy het hierdie antwoordboodskap op haar skerm geflits en haastig weggehardloop.

Sy het gevind dat haar nuwe, hoër as gewoonlik hakke haar heupe meer laat swaai, haar geplooide romp rol en wip met elke tree.

Hy het die lêers teen sy bors gehou sodat die klokkies nie sou klingel nie.

Hy het amper na die kombuise en ander take gevlieg voordat hy die lêers oorhandig het om homself so lank as moontlik te beskerm.

Sy het geglimlag en min gesê terwyl sy na die kombuise en ander klein, maklik-om-te-doen take gaan kyk, en sy bly deeglik bewus van die ketting en prop wat sy vir hom gebruik het, bekommerd dat die konstante hitte tussen haar bene vir enigiemand duidelik sou word. .persoon , deur almal wat haar gesien het.

Hy het sy horlosie nagegaan, tevrede met hoe lank dit hom neem, en uiteindelik begin om die lêers en notas met die hand aan die bestuurders af te lewer.

Bewus van hoe kort haar rompie was en hoe dun haar toppie oor haar bralose tiete met kettings was, het sy verwoed gebloos toe die oë van die lêerontvangers oor haar dwaal of te lank op haar vertoef.

Sy het probeer om die lêers wat aan haar bors vasgeplak het, te hou, maar meer as nie het hulle haar gevra om dit op die tafel neer te sit en te wag terwyl hulle kyk wat sy vir hulle gebring het.

***

Alhoewel sy gedurig na haar horlosie gekyk het, het sy besef sy gaan reeds laat wees om terug na haar lessenaar te kom toe sy by haar laaste boodskap kom, wat na Alan Clarkson se kantoor was.

Susan sien hoe Anne by haar lessenaar vir haar glimlag, bloos en stap verby.

"Dankie vir die pragtige pak, Anne. Dit pas my perfek." Susan het amper gefluister.

Anne lag vrolik.

"Ek sien hoe goed lyk dit vir jou! O skat, ek dink dit lyk fantasties, alhoewel ek al gedink het dit sal goed op jou lyk. Laat ek vir Meester sê jy is hier en hy sal jou ook wil sien!"

"Ek het 'n lêer vir hom."

Sy het uitgeroep, geskok om te besef dat Anne ook 'n slaaf is.

Susan kyk na haar met meer kritiese oë en let op hoe sy geklee is.

"Goed. Dis hoe ons twee doelwitte met een besoek bereik het," knipoog hy, dan lag hy weer terwyl hy 'n kitsboodskap op die skerm tik en wag vir 'n antwoord.

Sy het gelag vir sy reaksie en verduidelik dat hy van die analogie van die twee doelwitte hou.

Toe hy agter sy lessenaar uitkom, vat hy Susan aan die arm terwyl hy haar by Alan Clarkson se kantoor ingelei het.

Alan kom agter sy lessenaar uit.

"Gee vir my die lêer en laat ek na jou kyk Susan skat."

Hy kyk na haar soos 'n honger wolf wat na die lêer uitreik.

Sy het diep blosend die lêer aan hom gegee.

Hy het 'n "hmm" geluid gemaak en om haar geloop.

"Pronk, klein Susan."

Haar oë het groot geword en sy kyk op na sy gesig vir 'n grap, maar het niks gesien nie, so sy het haar houding vergroot en haar hande tot agter haar nek agter haar nek gelig.

"Ooh klein klokkies, hoe lieflik. Ek het geweet hy sal graag 'klokke vir sy Susan' wil hê."

Hy het hardop gelag en Anne op die gat geklap en gesê:

"Ek het jou nie gesê nie!"

Nie geweet wat om te doen nie, en nie ongehoorsaam wil voorkom nie, voordat hierdie Meester weer haar plek ingeneem het terwyl hy na haar kyk, het sy stilgestaan.

"Slaan Susan, ek wil die klokke hoor."

Sy het gespring, en hy waai vir haar om voort te gaan.

Sy het probeer, maar haar spronge was klein terwyl sy op haar hoëhakskoene wankel terwyl haar romp opstyg en val en haar naaktheid daaronder openbaar.

Sy het op 'n stadium amper omgeval totdat hy sy hand uitgesteek het. en gryp haar arm om haar vas te hou.

"Dankie, meneer Clarkson." hyg sy.

"Weet jy, Susan, jy het die mooiste parmantige tiete wat ek in 'n lang tyd gesien het. Jy moet daaraan dink om jou tepels te laat deurboor. Die tiete sal vir jou Meester selfs meer aantreklik en onweerstaanbaar lyk." Alan baie ernstig gesê terwyl hy haar bestudeer het.

Sy het geblans terwyl hy praat.

Hy moes die kyk in haar oë gesien het toe sy vinnig na Anne draai.

"Trek jou hemp uit sodat Susan joune kan sien."

Hy draai na Susan.

“Sy het dit laat doen kort nadat sy by die maatskappy aangesluit het.”

Susan kyk na die blonde vrou wat nie Alan se oë kan ontmoet nie, terwyl sy nog meer bloos.

Anne het 'n bra gedra wat nie haar groot borste bedek het nie, maar dit eerder ondersteun het soos op 'n rak.

Haar borste was versier met lang, breë, goue ringe wat aan haar tepels gehang het.

Susan verstar totdat Alan sy vinger aan die linkerhoepel vashaak en dit oplig, wat haar bors gedwing het om in 'n keëlvorm uit te strek, wat Anne kreunend laat kreun het.

Alan lek sy lippe af en glimlag.

"Sy is net pragtig, dink jy nie Susan nie?"

"Ja, meneer Clarkson."

"Onweerstaanbaar soos ek gesê het, maar ons moet almal werk voordat ons kan speel." Hy draai sy aansteeklike glimlag op haar en knipoog, "Jy beter na jou lessenaar toe hardloop Susan, jou Meester sal seker vir jou wag. Laat weet hom ek sal vandag na die lêer kyk voor middagete. Sien jou daar ."

Hy het gelag en haar teruggestuur, steeds met 'n kermende Anne aan die goue ring.

"Ja, meneer Clarkson," sê Susan, draai om en vlug amper uit die kantoor, en maak die deur stil agter haar toe.

Hy haal diep asem om homself te kalmeer en haas hom terug na sy Meester se kantoor.

Omdat sy nie op pad terug na haar lessenaar wou stop of met iemand praat nie, het sy met haar kop sak geloop, haar bloos weggesteek en gebukkend om haar gekrinkelende tiete te probeer verbloem.

Hy het in rekordspoed by haar lessenaar gekom en vir haar 'n kitsboodskap gestuur om haar te laat weet sy is terug.

DIE STRAFKAMER

Hy het haar dadelik gebel.

Hy het by sy kantoor ingegaan en net buite die deur op sy knieë geval.

Hy staan op en stap na haar by die ingang van die kamer, en blaf:

"Volg my. Jy is laat."

Sy het op haar voete gespring en agter hom aangehardloop tot in 'n aangrensende vertrek net 'n paar tree agter hom.

Hierdie kamer het 'n vreemde versiering gehad.

Hy het omgedraai.

"Word kaal, maar hou jou sokkies aan."

Sy het vinnig gehoor gegee aan sy bevelskreet, sonder om te dink aan hom gehoorsaam, kaal en bewend gestaan, die klokkies op haar tiete klingel.

Haar aandag is op hom getrek terwyl sy kyk hoe hy 'n laai oopmaak en 'n wit korset uithaal.

Hy stap agter haar aan, draai die korset om haar lyf en begin haar styf om haar middel vasmaak.

Die bekerflappe het die ronding van haar speelse tiete gevolg en net onder haar tepels geëindig.

Die klein, harde, vasgekettingde pienk knoppies het bo die goue ketting en klokkies uitgesteek , en hulle het hul goedheid by hul gekerm gevoeg.

Intussen het sy roerloos gebly, doodstil na die muur gekyk en dan op haar hande gekonsentreer en die sensasie van die korset waarmee hy haar vasgebind het, waardeer.

Hy het haar agteroor geklap toe sy klaar was.

Sy het meer as pyn geskree toe hy haar soos 'n pop optel en gooi en haar aan 'n opgestopte balk vaspen wat deel was van die vreemde meubels in hierdie kamer.

Sy was lank en sy het haarself aan haar bene gehang en die balk geskop om haar balans te herwin toe dit weer haar boude klap.

Hy het 'n bietjie wegbeweeg en haar gevra.

"Wat het jou so lank geneem, slaaftjie? Het jy tyd gemors vir al die bestuurders om te sien watter slet jy is met jou nuwe klere en bykomstighede?"

Sy kreun, bloos nog meer.

Haar gesig het skarlakenrooi geword toe die hand op haar boud ingeprent is.

Sy voel hoe hy beweeg en teen haar borsel terwyl sy vingers haar boude sprei en haar streel.

Sy kyk oor haar skouer na hom terwyl hy na haar gat kyk en nog meer bloos, haar vernedering om hom te mishaag en die kwesbare posisie wat sy haar laat ineenkrimp vir sy woorde.

Haar asemhaling was moeisaam van die stywe korset sodat sy begin snak en kreun.

Sy hande skei haar boude en hy kyk af na die hardnekkige speelding terwyl sy bewe met haar gat wat hom vasdruk.

Hy het sy hande oor haar gladde vel getrek en hom verlustig in die feit dat sy syne was om te oorheers en te geniet soos hy wil.

Hy kyk hoe haar glinsterende nat poes terwyl sy vingers met die prop speel, grom:

"Ek kan sien jy het dit geniet om dit vir my te dra, jou klein slet."

Hy praat met 'n rand in sy stem terwyl hy liggies die prop vasdruk sodat haar anus weer stadig voor sy oë rek.

Sy kreun, amper uitasem.

"Ja meester".

Hy het geglimlag terwyl hy die aanblik en klank van hierdie perfekte lyfie geniet het.

Sy klaaglike musiek in haar ore toe hy die prop verwyder het, terwyl hy stadig kyk hoe die ring van haar anus stadig oopgaan en klem soos 'n stywe donker ster.

Hy het haar weer met sy vinger uitgetart:

"Elke deel van jou is myne, slaaftjie! Niks is buite perke vir jou Meester nie."

Sy vinger druk in haar en hoor hoe sy skree in reaksie op hom.

Hy kon voel hoe haar honger na hom skaars beheer word, so hy ruk sy hand weg en het teruggekeer van haar gegrom:

"Jy verstaan tog dat ek jou nou moet straf omdat jy laat is, of hoe?"

"Ja meneer."

Sy voel die steek op haar boude, nie so hard soos gister nie, maar genoeg om haar te laat snak en weer haar balans op die balk te verloor terwyl sy ruk en wieg.

Hy kon die welt voel, 'n brandende tinteling op sy vlees en hy het verskonings en verskonings begin uitpraat.

Hy het haar stilgemaak met nog 'n steek sweep.

Gaan voort terwyl sy vingers deur die twee rande hardloop.

"Jy het seker jou tyd gemors, want jy was vyf-en-veertig minute laat."

Die sweep het haar weer geslaan, twee keer agtereenvolgens, en sy gil en ruk aan die balk.

"En vir die ekstra vyf minute ..."

Die sweep het hard op haar bobene beland.

Sy kreun, trane stroom oor haar gesig terwyl die steekpyn brandpyn oor haar lyf uitstraal.

Hy kon sien hoe haar poes glinster van vog, so hy skuif die sweep tussen haar bene en vryf die plat leeragtige punt oor haar klit.

Sy hyg en ruk.

Hy het voortgegaan om met haar te speel , sy hand uitgesteek en 'n vinger in haar boude ingedruk terwyl sy bewe en gekreun het, haar heupe wieg tussen sy hand en die sweep teen haar geswolle klit gedruk.

Hy het begin om sy sterkste vinger in haar te pomp en 'n tweede vinger by te voeg terwyl sy buk en miaau in nood.

Sy kom plofbaar, val amper van die balk af, maar sy hand het in haar boude ingegrawe.

"Wat 'n stout teef is jy, nie waar nie? Hoe hou jy van pyn"

Hy trek sy vingers van haar af terwyl hy kyk hoe haar lyf bewe van spasmas.

"Jy moet wag totdat jou Meester jou vertel wanneer jy kan kom, slaaf."

Die sweep het weer in haar vlees gebyt en sy het geskree.

"Verstaan jy my, slaaf?"

"Ja meneer."

Sy tjank toe die sweep weer skroeiende pyn op haar dye stuur .

Sy voel eerder as om die klein rekbare strokie stof te sien, hy het haar bene opgesteek en om haar heupe gaan sit voordat hy haar van die balk af en op bewerige bene opgelig het.

Sy kyk af, die strook materiaal is wyd genoeg gemaak om haar geslag te bedek en sy het eers gedink dis dalk soos 'n gordel.

“Uitstallingsslaaf,” sê hy terwyl hy sy hande na sy middel bring, terwyl hy met elke beweging die posisie van sy bobene en gat verstel en aanpas.

Sy het nou besef dat dit 'n soort romp vir vertoon is.

Sy het na 'n kas toe geloop en 'n paar wit hakskoene uitgehaal en dit by haar voete neergesit vir haar om te dra.

Hy draai om haar, sy vingers trek oor die rooi randlyne wat onder die treffende romp verskyn.

"Jy het jouself nog nooit meer Susan as nou gesien nie, Susy."

Sy leun in, soen die traanspore onder haar steeds waterige oë, praat sag.

"Mmm, my klein slet, ek is mal daaroor om jou angsvertonings te sien, maar ons verwag gaste, so gaan na die privaat badkamer in die tweede deur aan die regterkant. Jy sal jou gewone grimeermerke daar kry. Maak jou gesig reg. en hare . "

Hy gee vir haar 'n goudbedekte lint.

"Sit hierdie kopband aan. Geen parfuum nie. En kom terug na my lessenaar."

Sy het die badkamer binnegegaan en voor die vollengte spieël gaan staan.

"Wie is daardie meisie?" gedink. "Wat het geword van die 'goeie meisie' wat sy haar hele lewe lank was? Hoe het sy verander in die hoer wat sy in die spieël gesien het?"

Sy het geskuif en gebewe toe sy merk dat die romp glad nie haar poesie of gat bedek nie, maar eerder haar welte en haar konstante toestand van opwinding beklemtoon.

"Dis 'n wedstryd" dink hy en weet in sy kop dat dit ver verby 'n wedstryd is en al wat hy kon doen was om te wag tot die einde van die week.

"Aan die einde van die week, wat sou dan gebeur?"

Sy stil vrae stop, terwyl hy oor daardie vraag dink.

"Haal asem," het sy vir haarself gesê, "asem net asem en gehoorsaam."

Sy het losgekom van haar konstante vrae en haar grimering weer op haar gesig aangebring.

Sy trek haar golwende hare in 'n stywe poniestert en stap terug na die vollengte spieël.

"Haal asem, haal net asem en gehoorsaam." Sy het haarself herhaal.

Met 'n laaste kyk en haal stadig asem, draai sy terug na hom, stap na sy lessenaar en kniel voor dit soos hy haar geleer het.

Hy het gekyk hoe sy stap met die ronde wange van haar gat heerlik ontbloot, die welts rooi en kwaad soos sy versigtig op haar hakke loop en haar heupe laat swaai soos 'n hoer reg vir plesier.

“Dis myne” sê hy amper ongelowig.

Sy opleiding het hierdie week so goed gevorder ; beter as waarop hy kon hoop.

Elke struikelblok wat hy opgelê het, het gelyk of hy met relatiewe gemak oorkom.

Gedurig bekommerd dat hy te vinnig gaan, sy het gister amper weggehardloop, en hy het vanoggend vrees in haar oë gesien, maar op die ou end het sy altyd gehoorsaam.

Haar onderdanigheid is amper in haar gekweek deur die kombinasie van haar dominante pa en lieflike ma.

Hy wou haar al so lank hê.

Die ontdekking van haar lus vir erotiese pyn het net sy begeerte aangevuur om haar te oorheers.

Hy wou haar nie aan die einde van die week los nie, al het hy geweet dat hy haar deur afpersing of dwang kon dwing om 'n slaaf te bly, het hy geweet dat daardie soort verhouding nooit sy wense sou vervul nie.

Hy het 'n band van vertroue en wedersydse liefde nodig gehad, sodat sy sy oorheersing wou hê soos hy haar totale onderwerping wou hê.

Hy kyk vir lang oomblikke na haar terwyl sy voor hom kniel.

Hy het hard gewerk om tot hierdie punt in sy lewe te kom.

Hy het sy eie maatskappy en klub gehad wat sy donkerste begeertes aangevuur het om alles in sy lewe te oorheers en te beheer.

Hy het 'n vrou, 'n gesin en 'n huis gehad, die afguns van baie, maar dit alles was nooit genoeg nie.

Hy kon enige slaaf in die geselskap of die klub hê, en hy het baie van hulle op een of ander tyd gebruik.

Maar hy het gesoek na die een wat hy terselfdertyd kon besit en liefhê, iets wat hom nog altyd ontwyk het.

Hy kyk in haar heldergroen oë.

Susan was anders, haar begeerte was dat sy veel meer as 'n liggaam moes wees wat na willekeur gebruik en misbruik word.

Hy wou die dogtertjie besit, beheer en versorg, elke deel van haar lewe oorheers en haar wys hoe diep die liefde van 'n slaaf en 'n Meester kan wees.

Hoe anders as dié van man en vrou, of minnaars, maar dat dit soveel dieper en meer vertrouend was.

Hy tel 'n wit fluweellint van haar lessenaar af en leun vorentoe om haar diep te soen.

Terwyl hy die lint om haar nek geplaas het.

Sy het gespring toe sy die knip van die clip hoor wat dit soos 'n stywe choker toemaak.

Sy hande het aangehou om haar te streel terwyl die soen talm.

Hy streel haar skouers en langs haar bors af, om die harde klein knoppe vas te knyp, skud hulle om die geluid van klokkies en haar kreun in sy soen te hoor.

Toe hy die soen verbreek, staan hy op en trek haar aan haar tepels nader aan hom.

"Ons gaste kom binnekort, kom my slaaftjie."

Hy het haar na die vergaderkamer geneem en haar voor hom ingestoot, hy het eenvoudig gesê:

"Kom daarheen."

Hy hou haar dop terwyl sy op haar lip byt en na die aantal stoele kyk.

Sy skuif na die kop van die ovaal tafel en kniel op die vloer langs wat sy gedink het sy stoel is.

"Baie goed, my slaaftjie, watter dinge het jy vandag goed geleer?"

ONTMOETING MET DIE MEESTERS

Die kombuispersoneel het met die kos opgedaag en was in die kombuis besig om die laaste besonderhede van die banket voor te berei.

Intussen het sy Meester 'n groot stoel geneem en vir hom gesê om langs hom te sit en na 'n plek op die vloer te wys.

Sy ruk toe hy haar plek inneem en luister terwyl hy sag met haar praat:

"Die manne wat vandag kom is van my oudste vriende. Hulle is ook Meesters en hulle sal hul slawe saambring."

Hy het haar dopgehou terwyl sy sy woorde absorbeer, en dan voortgegaan:

"Jy sal hulle gehoorsaam soos jy my gehoorsaam. Maar ek sal nie toelaat dat dit jou seermaak nie, klein Susy."

Sy byt op haar lip, die stewels wat haar onderkant versier het en bene klop steeds met die bewyse van wat sou gebeur as sy hom in die steek laat.

Sy kyk op toe hy stil word, en kyk in sy oë en fluister:

"As ek liefhet".

Hy was op die punt om iets anders oor sy gaste te vra toe 'n man wat 'n meisie aan 'n leiband vashou die kantoor binnestap.

Hy glimlag warm, steek 'n hand uit om Robert s'n te gryp en skud dit ferm.

"Is ons die eerstes wat aankom?"

"Eintlik, Steve, dis reg. Lekker om jou te sien." Hy kyk af en vra: "En hoe gaan dit vandag, Shaky?"

Susan was verbaas toe die meisie reageer met 'n "Hiip," soos die geluid van 'n klein hondjie, en het geskrik toe hy haar kop klop.

Susan het nader na haar gekyk toe sy agterkom dat sy 'n rooi leerkraag met die woord 'teef' in diamante aan die voorkant geskryf het.

Susan het die kantrok wat die slaaf gedra het, bewonder toe sy haar naam hoor en bloos opkyk toe die ander Meester haar groet.

“Lekker om jou te ontmoet, meneer”, kom sy in ’n skril stem uit terwyl sy nog dieper bloos, baie bewus van hoe blootgestel sy voel.

Haar aandag het teruggekeer na die deur toe sy 'n harde lag van Alan Clarkson hoor, wat ingekom het met 'n man identies aan die man wat haar sopas gegroet het.

Susan kyk van die een na die ander, haar kop draai terwyl sy na die twee tweelingmeesters kyk.

Verdwaas het dit haar 'n oomblik geneem om te besef dat 'n skraal meisie stil agter die laggende paar Meesters staan.

Die een wat saam met Alan ingekom het, was Meester John, Steve se tweelingbroer, gevolg deur 'n skraal meisie, sy slavin Samantha.

Natuurlik was daar ook Anne agter, wat vir hom geglimlag en geknipoog het.

Die laaste twee lede van die groep het binne 'n paar minute saam met hul meisies opgedaag.

Susan het stil gesit en probeer om nie aandag te trek nie terwyl die mans mekaar en die meisies gegroet het.

Sy het haar kop gebuig en geglimlag terwyl sy gegroet is, nie vertroue in die skril stem wat die eerste Meester gegroet het nie.

Daarom het hy in sy senuweeagtigheid stilgebly.

Almal het in die vergaderlokaal ingetrek, wat deur die talentvolle kombuispersoneel die gevoel van 'n ou eetkamer gegee is.

Susan het die laaste gaste bestudeer.

Meester Barry was 'n stewige man, meer gemaklik geklee as die ander Meesters, aangesien hy in jeans en 'n baadjie was wat vreemd gelyk het in teenstelling met die fyn gesnyde pakke van die ander Meesters.

Hy is gevolg deur Cinthia, 'n lang, atleties geboude blondine wie se spiere gelyk het of hulle met elke beweging rimpel het.

Die laaste paar was dié van Meester James, 'n ouer man met helderblou oë wat gevolg is deur Amy, 'n mollige meisie met 'n tenger mond wat haar soos 'n cupido se engel laat lyk het.

Al die meisies het soos sy langs hul onderskeie meesters se stoele gesit toe die kelners met wyn en kos vir die eerste gang inkom.

Haar Meester se hand het haar klein happies van sy bord gevoed en sy het haar verlustig in die smaak van die ryk kos.

Sy het die ander meisies dopgehou terwyl die Meesters oor besigheid en gemeenskaplike vriende praat.

Anne het met haar arms om haar Meester se been geleun, dit het gelyk of Shaky op sy Meester se voete opgekrul het, Amy het haar kop op haar Meester se bobeen laat rus, en dit het gelyk of Cinthia amper haar poniestert skud met klein bewegings van haar kop.

Anne vang sy oog en knipoog.

"Ons kort 'n diensklok hier Robert, waar is daardie kelners?" Meester James het gekla.

“Miskien kan ons Susan eerder rock,” lag Alan.

Die ouer Meesters se oë het verlig na die vooruitsig, en dan frons.

"'n Meisie so kort ek twyfel of sy genoeg geraas kan maak."

Robert lag gemoedelik.

Hou jy ooit op om te kla, James?"

"Ek kan as jy daardie dogtertjie van jou 'n skud gee."

Susan kyk hoe haar Meester afwaarts reik en die ketting tussen haar tepels trek en dit skud, sodat die klokkies soet laat klingel.

"Ek dink jy was reg, James, dit maak nie veel geraas nie."

Nadat hy dit gesê het, het sy hand blitsvinnig uitgeslaan en haar regterbors getref wat veroorsaak het dat sy meer van verbasing as pyn uithuil het.

"Was dit beter?"

"Dit was skaars meer as 'n gegil."

James het geglimlag en sy blou oë glinster vir haar.

Asof in reaksie op die sogenaamde gepiep het die kelners opgedaag en die borde weggevee en dit met meer weelderige kos vervang.

Die Meesters het weer oor besigheid gepraat terwyl Susan weer die meisies bestudeer het.

Sy het gewonder of hulle gekies het om slawe te wees en of hulle, soos sy, in daardie situasie vasgevang is.

Maar was sy vasgekeer?

Aanvanklik miskien, maar nou was sy nie so seker daaroor nie.

Miskien het hy meer as enigiets van haar begin hou.

Hy kyk weer om die groep en skud sy kop.

Dit het amper nie werklik gelyk nie.

Die normaalheid om te sit en klein handjies van hul Meesters se bord te ontvang asof dit elke dag gedoen word.

Miskien het sy so vasgevang in hierdie speletjie dat sy haar slawerny nie meer as 'n slegte ding beskou het nie?

Haar gedagtes jaag deur haar gedagtes terwyl sy gehoorsaam haar mond oop- en toemaak vir nog 'n hap.

Hy het gewonder of die meisies se liefde deel was van hul eie persoonlikhede of dat hulle gevorm is na die wil van hul meesters.

En sy het ook gewonder hoe hierdie meisies na haar moet kyk, met hul voortdurende bloos en naïwiteit,

Kon hulle sê dat sy nie 'n ware slaaf was nie?

Verdwaal in haar eie gedagtes, het sy nie na die Meesters se gesprekke geluister nie en was verbaas toe die ander Meesters begin opstaan en die kamer verlaat en die meisies alleen gelaat het.

Hy kyk nuuskierig op na sy Meester toe hy ook opstaan.

Hy buk en streel sag oor haar hare.

"Ek is gou terug kleinding."

Sy knik effens en kyk hoe hulle gaan.

Sodra die deur toegaan, staan die mollige Amy op en kyk na die tafel voordat sy in haar Meester se leë sitplek inskuif en haar amper vol wynglas na haar klein lippies oplig.

Samantha rol haar oë.

"Jy brokkie Amy, jy beter nie daar gevang word nie."

"Gee dit 'n blaaskans, Samantha, jy is nie die oudste meisie hier nie." Shaky het gesê: "Amy is altyd 'n brat wat nie sal verander nie, en ons moet pret hê met die nuwe meisie." Sy flits 'n tande glimlag in Susan se rigting. "Jy moet ons vertel, lieflike Susan, hoe jy die ontwykende Meester Robert gevang het."

Sy het nader aan haar gekruip en op haar maag gelê met haar hande wat haar ken ondersteun terwyl sy vir 'n antwoord wag.

Hoe kon sy vir hierdie meisies sê dat sy gevang is?

Dat sy niks van slawerny geweet het nie en dat dit vir haar as 'n speletjie begin het.

se gedagtes het gejaag en sy bloos diep terwyl die meisies na haar staar en wag vir 'n antwoord.

Samantha het haar gered:

"Ek dink nie Susan het 'n idee van dit alles gehad nie, skat."

Susan skud haar kop en laat sak haar oë.

En Samantha het voortgegaan om sameswerend vir die ander te fluister:

"Ek was nog nooit 'n slaaf voor hierdie week nie." Sy draai na Susan en gee haar 'n gerusstellende glimlag, "moenie bekommerd wees nie, skat, hierdie meisies gaan nie regtig pret hê met jou nie. Ons laat dit aan die Meesters oor." Sy het gelag.

"Geen manier nie! Is dit waar?" Bewerig kyk met ywerige nuuskierigheid in Susan se gesig.

Amy het ook nader gekom, "Wel, wel, 'n lieflike onskuldige meisie, wat sou gedink het dit is waarna Meester Robert gesoek het, verbaas om haar smaak te ken."

Susan het probeer om haar eie verbasing te vermy terwyl hulle oor haar praat, maar sy kon voel hoe die warmte van 'n blos haar wange vul.

Amy het voortgegaan, "Jou Meester het nog nooit 'n slaaf as sy eie geneem nie. Dink jy hy sal jou hou?"

Susan kyk op met groot oë en gil:

"Hou my?" Sy skud haar kop, "Ek het gedink dit gaan 'n prettige speletjie wees, maar nou is alles deurmekaar in my gedagtes. Met julle almal hier, lyk dit na die normaalste ding in die wêreld, maar ek weet nie regtig nie wat ek die meeste van die tyd doen."

"Ag, bly stil skat, alles is reg." Samantha het met 'n knipoog gesê: "Ek hou jou die hele week dop en jy lyk meer ongelooflik met elke dag wat verbygaan."

Bewerig glimlag. "Jy is regtig 'n nuweling, nee! Wel, weet net dat as hy jou al ons Meesters laat ontmoet het, ek dink hy beplan om jou vir 'n rukkie te hou." Bewerig het Susan se wang gelek en haar laat lag, "En dit sal lekker wees om 'n nuwe speelmaat te hê, of verkies jy Samantha?"

Amy kyk van die tafel af en trek haar lippe saam.

"Daar is baie slawe in die klub wat ly omdat hulle Meester Robert se halssnoer dra. As hy besluit om by jou te bly, behoort ons die huilkrete van hulle almal te kan hoor." Sy het gelag , haar hande geklap en nog 'n sluk van haar Meester se wyn geneem . "Ek sal graag van hul gesigte wil sien wanneer hulle uitvind."

"Ek dink wat die meisies bedoel is dat dit lyk of meester Robert beplan om jou by hom te hou." Anne stop toe sy die angs in Susan se oë sien. "Jy hou daarvan om sy slaaf te wees, reg?"

Susan was verras deur die vraag.

Hy het daarvan gehou?

Sy byt op haar lip terwyl sy daaroor dink.

Sy het vir haarself gesê dat sy 'n goeie meisie is wat tot slawerny gedwing is, maar hoe kon sy dit vir hierdie meisies sê?

Sy wou bitter graag vra hoe hulle slawe geword het.

Het hulle 'n keuse gehad om te besluit of hulle... okay is?"

Cinthia beweeg haar poniestert, snork effens en kantel haar kop.

Amy gly grond toe en wys na Cinthia en fluister:

"Ek weet nie hoe hy dit doen nie!"

'n Oomblik later het die deur oopgegaan en die kelners het opgedaag om die tafel skoon te maak.

Elkeen van die meisies het stil op hul plek gestaan terwyl die kelners vinnig gewerk het om die tafel met vrugte en kase aan te vul en hulle is weer alleen gelaat.

Weereens het al die ander meisies na Susan gekyk wat steeds wag vir 'n soort reaksie.

"Ek weet nie wat ek doen nie, wat nog te sê wat ek wil hê," het Susan hartseer gesê. "Dit is anders as enigiets wat ek voorheen ervaar het. Julle lyk almal so gaaf, so, um, normaal!" Cinthia snork en lig 'n wenkbrou. "Wel, jy weet wat ek bedoel, vir die normale wêreld is die stereotipe van 'n seksslaaf..." sy soek na die regte woord.

Sy het moed opgee en sy skouers opgetrek.

"O, oukei pop," kom Anne tot haar verdediging. "Ons ken die stereotipe, maar hou jou oë en verstand oop vir alles wat jy sien en hoor en jy sal besef daar is niks normaal in hierdie hele wêreld nie. Dink aan seks soos roomys, as almal van vanielje gehou het. Wat 'n vervelige wêreld sou dit wees ."

Amy rol haar oë en knik dan vir Susan.

"Roomys is 'n taai ou analogie, maar dit werk. Mense hou van verskillende goed, kos, motors, klere en seks. Ek sou sê jy moet self besluit, maar ek dink daardie besluit is reeds vir jou geneem."

Susan het op haar lip gebyt en was op die punt om te protesteer dat sy nog een dag het om te besluit, maar haar vroeë waarskuwingstelsel, Cinthia, het hulle weer in plek gebring net toe die Meesters na hul stoele terugkeer en joviaal oor klubsake en gemeenskaplike kennisse gesels.

Na wat soos ure gelyk het, maar waarskynlik nie meer as een nie, het Amy 'n gaap sonder veel sukses gesmoor en die aandag van die tafel getrek.

Meester James het afgekyk, "Wel, dit is wat jy kry as jy opbly na jou slaaptyd, skat."

Hy het pruilend opgekyk en begin protesteer, "Maar ..."

'n Streng kyk van haar Meester het haar tong laat vries en sy het om verskoning gevra en regop gekniel.

James glimlag toe en ruk sy krulle.

"Hoekom vra jy nie vir meester Robert of jy met Susan se klokkies kan speel om jou nog 'n rukkie besig te hou en dan vat ek jou huis toe, kleintjie?"

Onheil glinster in haar oë toe sy opstaan en so lieflik na Robert draai om te sê.

"Ag asseblief, Meester Robert, mag ek? Hulle is sulke mooi klokkies en jy het so 'n pragtige slaaf."

"Hoe kon ek nee sê vir so 'n lieflike meisie?" Robert glimlag.

"Dankie Meester Robert, dankie!" Amy borrel op en verdwyn onder die tafel om na Susan toe te kruip.

"Dit lyk of sy nou wakker is." Alan het gelag terwyl Shaky 'n opgewonde gil gegee het en met 'n vinnige ruk aan sy leiband kalmeer.

"Dit lyk of almal met die nuwe meisie wil speel." het Barry geprewel.

Robert glimlag vir haar.

“Ek kan nie sê ek blameer hulle nie, ek hou baie daarvan om met haar te speel.”

Dit is met baie gelag begroet en hy het weereens verwoed bloos onder die kyk van die kamer.

Amy het gelukkig langs haar gesit en met Susan se tepels gespeel en die klokkies teen verskillende tempo's geklingel terwyl die gesprek om haar voortduur.

Sy voel hoe haar Meester met haar poniestert speel en kyk in haar deurdringende oë.

Haar asem trek toe en haar eie oë rek toe sy voel hoe Amy se mond om haar tepel styf trek.

Terwyl hy die klokkies met sy vingers speel, beweeg sy tong oor haar harde pienk kol.

Sy Meester se oë glinster en kreukel om die hoeke in 'n glimlag wat nie net op sy mond gevind is nie.

"Dit lyk of my meisie soos gewoonlik te opgewonde is, ek moet haar huis toe vat of sy sal weer te senuweeagtig wees om te slaap. Komaan meisie, kom ons vat jou huis toe." Meester James het opgestaan terwyl hy praat.

Amy het haar kop agteroor gekantel en die tepel wat sy verpleeg het met 'n harde pop losgelaat.

Hy kyk op en vra saggies:

"Kan ek jou totsiens soen?"

"Ja skat. Dank dan vir Meester Robert en ons is oppad."

Amy plaas een hand op Susan se wang en die ander op Susan se nek en hou haar in plek terwyl sy haar lippe teen hare druk.

Susan voel die hardnekkige tong en skei haar lippe gedwee toe die mollige haar sag maar diep soen en haar mond met 'n fladderende tong verken wat Susan aan die einde van die soen uitasem laat.

"Totsiens my nuwe vriend, ek hoop ons sien mekaar nog baie keer. Jy moet na 'n speelafspraak kom, ek het baie goeie speelgoed!" Sy tjank toe haar Meester sy keel skoonmaak en opstaan, "Dankie dat ek met Susan Meester Robert kon speel."

"Jy is welkom skat, slaap lekker. Jou nors ou meester lyk afgesaag."

Amy het haar mees verleidelike onskuldige gesig aangetrek, "Glo jy dit?" Sy het haar Meester op en af gekyk, "Miskien moet ek my verpleegsterspakket uithaal wanneer ons by my huis kom en dit 'n tjek gee."

"O, ek dink dit is beslis wat jy nodig het, skat. Gaan nou huistoe."

James het gekreun, "Dankie daarvoor my vriend, miskien kan ek volgende keer Susan se kop vul met take om jou besig te hou."

Amy glimlag en draai terug na die tafel, "Totsiens Dames en Dames."

Sy het toe haar Meester se hand geneem en voortgegaan om hom uit die kamer te lei terwyl hy totsiens gesê het.

Steve het gelag en sag vir John gesê:

"O, ek dink dit gaan nog 'n aand wees om te onthou vir daardie brutale brat."

John het gelag.

"Tensy James besluit om haar op die lang rit huis toe te pak."

“Ek en Cinthia behoort ook nou op pad te wees, ek wil ryklub toe gaan en ons het baie voorbereiding om te doen.” Barry dreun in sy diep bariton.

Robert staan op en glimlag.

"O ja, natuurlik. Dis gelukkig dat jy in die dorp was vir ons ontmoeting. Dankie dat jy gekom het Barry."

Robert het na die deur van die kamer gestap voordat hy omgedraai het en vir die ander beduie:

"Hoekom skuif ons nie na die gemakliker stoele soos die nag naderkom nie? Die uitsig is redelik goed daar bo."

Die Meesters het opgestaan en gevolg met hul meisies agter.

Anne het Susan gedruk om te beweeg.

Hy het Cinthia en haar langbeen-gang dopgehou toe die verwysing na die ryklub uiteindelik in sy gedagtes geklik het.

Hy het meer krities na die ander meisies gekyk as om so te sê hul eienskappe te probeer sien.

Shaky was 'n pragtige klein hondjie en Anne was 'n welige, sexy meisie, maar Samantha het haar verwar.

Susan was verbaas om die meisie te sien loop, sy was so grasieus asof sy 'n ballerina was.

Susan het weereens uit haar plek gevoel, daar was niks besonders aan haar nie en sy het baie gehad om te leer.

Sy het besef dat sy nooit spesiaal soos hierdie meisies kan wees nie en dat haar Meester net met haar gespeel het.

Hiermee het sy besef dat hy nie sou, haar nie as sy slaaf kon hou as sy nie 'n spesiale eienskap het nie.

Sy voel 'n opwelling van verligting deur haar dat sy nie self hoef te besluit nie.

Maar vinnig is die gevoel gevolg deur 'n pyn van hartseer.

Sy byt haar lip in gedagte, volg haar Meester na sy stoel en gaan sit langs hom.

Sy skud weer die gedagtes uit haar kop toe haar Meester weer sy hand om haar poniestert vou en na hom opkyk.

"Haai John, kry jou meisie om my te bedien boetie, hierdie slaaf is nutteloos met enigiets wat nie in 'n bottel of blik kom nie."

Steve het Shaky met sy voet gestamp en sy het saggies vir hom gegrom, wat hom laat frons.

Met 'n knik van haar Meester het Samantha met haar voete dansend na Meester Steve beweeg.

Sy druk haar lyf teen hom, lek sy nek tot by sy oor, knibbel sag en proes:

"Meester, wat wil hierdie slaaf hê moet ek vanaand vir jou kry?"

"'n Skot, asseblief, lieflik."

Samantha ontvou uit haar lyf, draai op die balle van haar voete, en sy gly kombuis toe.

Sy vee 'n vars glas af en draai effens om omstanders 'n uitsig te gee van die bedompige, geboë kontoer van haar lyf terwyl sy die rand van die glas op en oor die swel van haar borste gly, bibberend en diep asemhaal.

Susan kyk gefassineer na haar.

Anne maak haar glas halfpad vol voordat sy die vrieskasdeur oopmaak en die koue lug oor haar laat spoel.

Hierdie lug het haar tepels verhard, wat hul puntige punte duidelik openbaar onder die fyn sy-kleed wat sy gedra het.

Hy het ys gegryp en dit met 'n hoë klink in die glas laat val.

Sy maak die vrieskasdeur met 'n heupbeweging toe en leun terug, skud haar kop en laat haar hare in 'n golf donker sy val.

Sy draai na die Meester, haar borste borsel sy arm, en lig eers die glas na haar lippe, om die rand te soen, sy proes:

"Jou whisky, Meester Steve, hierdie slaaf hoop dat jou diens haar behaag het."

“Uitstekende diens soos altyd, en iets soet. Gaan nou terug na jou Meester voor hy vergeet aan wie jy behoort.”

Susan was in verwondering oor hoe Samantha die skink van 'n drankie so sexy laat lyk het.

Sy het gevind dat sy dit wou kan doen en het opgekyk om haar Meester se reaksie te sien net om te sien dat hy haar aandagtig dophou.

Sy gedagtes spring in sy kop.

Sou sy so snaaks wees om hom tevrede te stel?

Miskien kan sy leer om so elegant en aantreklik te wees, en miskien sal die Meester haar dan wil behou.

Sy het haarself oortuig dat hy haar sou wegstuur nadat die week om is.

Vasgevang in haar voorwaartse denke, het sy weer gewonder: Was dit die lewe wat sy wou hê, om as 'n slaaf besit te word, om haar vryheid van keuse geweier te word deur haar elke opdrag te gehoorsaam? Kan sy leer om op een of ander manier spesiaal te wees? asseblief hom?”

Haar begeerte om hom te behaag, het al haar ander vrae weer verdrink en sy het haar aandag teruggekeer na die Here wat aanhou grappies het soos die middag aangestap het en die lug inkswart geword het.

Die tweelingmeesters het verdere drankies geweier op grond daarvan dat hulle daardie aand 'n verlowing by die klub gehad het, en Alan het ook gesê dat hy daarna uitsien om die klub te besoek en te sien wat uitgestal word.

Robert het geweier om by hulle aan te sluit op grond daarvan dat hy nog werk het om na te kyk.

Hy het opgestaan om na die deur van die vergadering te stap, gesels vriendelik, en Susan het in stilte gevolg en Anne bedank vir al haar ondersteuning deur die lang middag en aand.

"Ag skat, dit was niks, ons was almal een of ander tyd nuut in hierdie leefstyl."

Sy soen Susan op die wang en volg Alan tot in die hysbak.

Toe die hysbak uiteindelik toemaak, draai Robert om en stap terug by die kantoor in, seker sy sal volg.

Terwyl sy voor hom kniel, agteroor op haar hakke sit, leun hy vorentoe om haar wang te streel.

"Ek is baie gelukkig met jou prestasie vandag, meisie."

Hy leun in om haar diep te soen en sy voel hoe skoenlappers in haar maag fladder en 'n opwinding langs haar ruggraat af.

Ek was gelukkig!

Die vreugde wat sy gevoel het, was tasbaar gekombineer met sy soen.

Hy dink aan niks anders as hoe sy woorde en sy aanraking haar laat voel het nie.

"Nou dat ons seker gemaak het jy het die aand af, kom ons speel 'n speletjie Susy. Ek weet hoe jy van speletjies hou." Hy glimlag vir haar met 'n wetende glimlag.

"Ja meneer." fluister sy.

Sy het gehoop dat met die gaste weg sy toegelaat sou word om huis toe te gaan en te ontspan.

Dit was 'n baie lang dag en sy was baie deurmekaar, met al haar gedagtes in haar gedagtes verstrengel.

Hy het voortgegaan:

"Ons kan elkeen drie vrae vra oor vanaand. Jy kan my enigiets vra wat jy wil weet oor ons gaste en die aand. Ek sal jou vrae vra oor wat ek hoop jy geleer het. En soos altyd, as ek nie tevrede met jou antwoorde sal daar gevolge wees." .

Hy het geskrik met die wete dat hy nie genoeg aandag aan klein besonderhede gee nie en sy gedagtes het dikwels gedwaal,

Sy moes geweet het daar sou 'n toets wees, hy toets haar altyd op een of ander manier.

Maar sy knik en fluister:

"As ek liefhet".

"Goed dan, laat ons nou begin, gee my die naam van elke gas en hul slaaf."

Hy haal diep asem, en met 'n bewing in sy stem begin hy:

"Alan Clarkson en sy slaaf Anne, Steve Goodman en sy slaaf Shaky, John Goodman en sy slaaf Samantha, James Smith en sy slaaf Amy, en Barry Collins en sy meisie Cinthia."

Sy het haar lip gebyt, nadat sy nie formeel bekendgestel is nie, het sy die name gehoor en die vanne saamgestel uit haar werkende kennis van die notas en e-posse wat sy as hul assistent aan hulle gestuur het.

"Baie indrukwekkend," het hy geglimlag, "maar ek is bevrees as 'n slaaf , wat jou enigste rol vanaand was, moet julle elkeen aangespreek word as Meester gevolg deur jou voornaam." sy klop haar skoot toe sy haar onderlip sien hang, "Op my skoot, klein Susy."

Die pynlike welts wat haar vroeër die dag as 'n hoer gemerk het, het lankal verdwyn.

Hy het sy hand saggies oor haar boude gedruk voordat hy hom hard geslaan het en gekyk het hoe die handafdruk pienk op sy gladde vel begin gloei.

Sy byt kreunend op haar lip terwyl sy haar bene beweeg.

Intussen het sy hand nog vier keer sak, een vir elkeen van die Meesters wat die laat middagete bygewoon het.

'n Paar trane het oor haar wange gevloei, meer van teleurstelling as van houe, toe hy aan haar gat vat en voorstel:

"Jou beurt".

Sy het gedink en gevra:

"Elkeen van die meisies was spesiaal op 'n unieke manier, aangesien Shaky 'n welpiemeisie was, word hulle opgelei om so te wees deur hul Meesters of is dit hoe hulle natuurlik is?"

"Sommige slawe het 'n voorliefde vir 'n sekere rol en sal deur 'n Meester geneem en opgelei word vir hul behoeftes en behoeftes." Hy het 'n oomblik stilgehou voordat hy voortgegaan het, "Sommige Meesters verkies 'n leë doek en sal 'n meisie neem en haar na hul smaak vorm. Vir enige moontlikheid moet die meisie egter 'n natuurlike onderdanigheid hê. Dwing die Slawerny aan 'n meisie nie. draai altyd so goed soos 'n Meester wil hê."

Sy gedagtes gly.

Is sy nie gedwing nie?

Dit het as 'n speletjie begin.

Sy het ingestem om syne te wees en hom vir 'n week volkome te gehoorsaam.

Sy het erken dat sy nie gedwing is om dit te aanvaar nie, maar sy het nie regtig geweet wat sy aanvaar nie.

Die hand wat haar agter streel, stop toe hy begin praat, en sy luister aandagtig na sy volgende vraag.

"Van die ses meisies hier vanaand, vertel my van elkeen van hulle spesiale talente soos jy hulle gesien het."

Hy het geweet daar was net vyf meisies, maar hy het nie daarvan gehou om hom te korrigeer terwyl hy in so 'n kwesbare posisie was nie, toe begin hy:

"Shaky is baie hondjie-agtig. Ek dink Cinthia is 'n ponie. Amy is baie kinderagtig. Anne is 'n busty blonde bom. Samantha het my afgegooi, maar ek dink sy is 'n ballerina en beweeg baie grasieus."

Sy draai haar kop om hoopvol na hom te kyk.

Hy het haar boud twee keer hard geslaan.

"Anne, soos jy, my klein Susy, word deur pyn op 'n manier opgewek wat die meeste slawe nie geniet nie. Samantha, byvoorbeeld, word glad nie deur pyn of straf opgewek nie. Haar plesier kom daarvan om sy Meester te behaag. En hy skitter in die manier waarop hy dien, dansend. Sy Meester volg die leefstyl van die Oosterlinge." Haar hand sweef weer en sy lig 'n wenkbrou, "en die sesde?"

Sy byt met 'n frons op haar lip terwyl haar gedagtes gejaag het om te probeer uitvind wie sy in haar reaksie gemis het.

Sy kyk na sy glimlag terwyl sy hand weer sak.

Sy het geskree en uitgespreek:

"Ek verstaan nie aangesien daar net vyf meisies was."

Hy het haar weer geslaan toe sy antwoord:

"Jy het die belangrikste slaaf vergeet, myne!" Sy hand het weer afgekom om sy punt te maak. "Jy was daar, was jy nie?"

Sy draai om en skree:

"Ja, Meester, maar ek is nie spesiaal nie, ek het geen spesiale talente nie."

Sy laat sak haar kop en laat trane val.

Sy hart het 'n klop oorgeslaan, sy was regtig so onskuldig en naïef, so spesiaal in haar behoefte om te behaag en te dien dat sy al die eise wat hy aan haar gestel het verdra en sy strawwe byna gewillig aanvaar het.

Sy was, met haar bloos en soet geaardheid, die toonbeeld van 'n naïef en sy het dit nie eers besef nie.

Sy lieflike prinsessie in die openbaar en sy pyn-liefdevolle hoer in privaat wanneer hy dit wou hê.

"Het ek nie die hele week vir jou gesê jy is spesiaal nie ? Wat is spesiaal aan my begeerte na jou en die behoefte om jou te besit? Nadat ek van my vriende ontmoet het, dink jy ek sal hulle voorstel aan 'n slaaf wat nie spesiaal was nie? " Hy het die laaste een amper gebrul, wat haar laat sidder en haar gedagtes in verwarring laat wankel.

Susan kreun.

"Ja Meester, ek bedoel nee Meester, O..." skree sy, "Ek weet nie wat ek bedoel nie."

Sy hand het voortgegaan oor haar nou rooi gat wat haar meer laat kreun, die hitte stroom deur haar lyf terwyl hy haar geslaan het, sodat sy haar maag in haar skoot vryf terwyl sy voel hoe sy hardheid groei en haar poes teen haar bobeen vryf.

Sy maak haar oë toe hyg en kreun hard.

Die hitte, die pyn en die sensasie van hom het spasmas deur haar liggaam gestuur.

Net toe sy op die punt was om te kom, het hy opgehou om sy hand swaar op haar rug te plaas en haar in plek te hou sodat sy nie kon beweeg nie.

"En jou volgende vraag is..."

Sy kon nie reguit dink nie, haar behoefte om so dringend te kom dat haar lyf bewe en sy kreun.

"Wat wil jy nou hê waarvoor jy 'n slet moet vra?"

Sy voel hoe die intense vloed van verleentheid haar bedek terwyl sy haar behoefte uitspreek:

"Asseblief Meester, ek moet kom, laat ek kom."

Dit was die eerste keer dat hy haar gevra het en dit was soos 'n laaste hekkie wat sy moeiteloos gespring het.

Hy lig sy hand daarin en begin weer die ferm ronde wange klap, sy hand bons van die rooi oppervlak af toe sy in sy bobeen en haan slaan.

Hy wou haar so graag hê hy het getwyfel hy kan die week wag om haar te vat, maar hy moet wag om seker te maak sy sal bly.

Sy het verstyf en 'n lang, asemende gil uitgespreek terwyl haar kop van pyn en plesier geswem het.

Haar poes het geklop van broodnodige sperma, wat gelyk het of dit soos geweerskote strome van plesier deur haar lyf geskiet het terwyl sy vir 'n lang tyd aanhou kom het.

Uiteindelik val sy slap op sy skoot.

Hy tel haar op en wieg haar in sy arms.

Terwyl sy bykom, bewe haar klein lyfie in sy arms.

Hy glimlag.

"Lyk of pak slae nie veel van 'n straf vir jou is nie, my pynteef. Nou het jy net 'n vraag gevra, so ek dink dit is weer my beurt."

Sy het gespring en hyg toe sy besef die speletjie is nie verby nie en skud haar kop om haar gedagtes skoon te maak.

Hy trek haar ken om en kantel sy kop op om haar oë te ontmoet.

"Hoe lank is 'n week, Susy?"

Die vraag het haar verras, sy het op haar lip gebyt en gedink daar moet 'n alternatiewe antwoord vir die voor die hand liggende een wees, maar sy kon nie aan een dink nie, toe fluister sy:

"Sewe dae".

Hy glimlag terwyl hy die aanbreek van begrip op haar gesig sien.

"Jy het goed gedoen vir die eerste helfte van jou week, my slaaf." Hy het gesê om seker te maak sy ken sy volle betekenis.

"Sewe dae."

herhaal sy fluisterend.

Haar gedagtes het gedwaal na die planne wat sy gemaak het om die naweek by haar ouerhuis te wees om te help met 'n herdenkingpartytjie en sy het bekommerd op haar lip begin byt.

Hy het haar versigtig dopgehou voordat hy gevra het:

"Jou laaste vraag, Susy?"

Sy kyk na hom met bekommerde oë wat fluister:

"Ek het gedink ... ek bedoel, ek het aangeneem ... umm ..."

Sy het na sy gesig gekyk sonder om iets in sy oë te lees om haar te help om vir hom te sê dat sy aangeneem het dat haar week 'n werksweek sou wees, net vyf dae, so sy is aangemoedig om te vra:

"Het slawe naweke af?"

EINDE VAN DIE EERSTE DEEL

www.ingramcontent.com/pod-product-compliance
Lightning Source LLC
LaVergne TN
LVHW101952220826
846093LV00006B/185